去で
か
っている。
吉月生
イラスト／ふすい

目次

過去で
君が
待っている。

「後悔」という言葉は、いつも過去のためにある。
僕の人生は後悔だらけだった。
……君を失ったあの日から。

桜並木

彼女の遺体が発見された時、手元に転がっていた携帯の画面に、僕の携帯番号が打ち込まれていたと知ったのは、それから数ヶ月後のことだった。

＊

ちょうどこの場所だった。

夕暮れ、まっすぐに列を成した桜並木。

今ではすっかり枯れ果て目もくれられない木々たちが、こぞって雪を積もらせ冷たさに耐えながら、数ヶ月先の春を待ち望んでいた。

ここが、彼女と最後に逢《あ》った場所だ。

あれから何度、僕はここに足を運んでいるのだろう。

僕はゆっくりと目を閉じる。そうすれば、少しでも彼女に近づけるような気がした。

「ピッピ」

小さな声に目を開けると、一羽《わ》の小鳥が木の上からこちらをじっと見据えていた。淡いグリーンの羽を静かに休めていて、それはまるで季節外れの木の葉を演じているみたいだ。

なんだか空が似合わないその小鳥は、やがて居場所を求めるように、僕に背を向け羽ばたいていった。


十月初旬の、あの日。

木の葉も空も、彼女の髪色に至るまで、オレンジ一色に染まった景色。それは色褪《いろあ》せたセピア写真の中のようだった。

彼女は裾《すそ》がバルーンになった花柄のワンピースに、白いニットのカーディガンを羽織っていて、その袖で指先を少し隠していた。

「やっぱり駅まで送るよ」

僕の提案に、彼女は俯《うつむ》いたまま首だけを荒っぽく横に振った。と同時に、ぎゅっと唇を噛《か》みしめた彼女を、僕はただ黙って見ているしかなかった。

やがて、彼女は逆光にいる僕を眩《まぶ》しそう見つめて、

「ねえ、大ちゃん、私、本当はね……」

何かを言いかけた。つられてゴクリと息をのむ。けれど——、

「ううん、なんでもない……サヨナラ」

そう言い残して、彼女は僕のもとを足早に走り去っていった。


あの日、彼女はこの街を去った。

そして、僕の前からも。

今でも、あの日のことを思い出す。

それはいつも、ふとした瞬間。タバコを吸っている時、眠りにつく前、夢の中、そういった僕が無防備な時を狙って、古傷の奥に、じんわりと痛みが蘇《よみがえ》ってくるのだった。

できることなら、もう一度あの日に戻りたい。

一日だってそう思わない日はなかった。

なぜ時間は前に進むばかりで、折り返し地点が一つもないのだろう。

規則正しく時を刻む時計の秒針はぐるぐると円を描き、たった六十秒でまたもとい

た場所に戻ってこられるというのに。

もし、もう一度あの日に戻ることができるなら。彼女がどんなに拒もうと、僕は決して彼女の手を離したりはしなかったのに——。


意識をとらわれながら、慌てて乗り込んだこの電車が自宅と反対方面だと気づいた時にはもう遅かった。

「ああ、やっちまった」

巻き戻されていく街並みを見ながら、ドアの前で小さく舌打ちをする。

彼女のことを考えている時はいつもこれだ。僕は昔の自分に戻ってしまう。

今だってこうして、彼女と付き合っていた頃まで住んでいた実家方面行きの電車に乗り込んでいるのだから。

彼女と付き合った二年半という月日の中で、彼女は何度か僕の実家に訪れた。

彼女は僕の実家を素敵な家だと言ってくれたし、それ以上に僕の両親が彼女のことを気に入った。

だから彼女と別れた後、さらに死んだ後になっても、両親は僕に向かって未練がましく彼女の話を続けるのだった。

だから僕はほとんど実家に寄り付かなくなった。

そんなこと、言われなくたって自分が一番よくわかっている。

電車はゆっくりとスピードを落として完全に停《と》まり、ドアが開かれた。立ちつくす僕の脇をすり抜けて出ていこうとする人の波に、思わず足がすくむ。

「ドアが閉まります。ご注意ください——」

それはほんの数秒の出来事だった。やがて新たな客を乗せた電車は、再びゆっくりと走りだす。僕は、その電車を外から見送っていた。

電車がホームを出て行った後、線路の奥に立つ巨大看板には、何かの広告ポスターが貼り付けられていた。


【取り返せない過去になる前に、やり直せる今を】


あの頃に戻ってやり直せたら……。

何度、このフレーズを頭の中で繰り返しただろう。

あの頃にもう一度戻れるなら、彼女を力ずくでも引き止めて、けして離さないのに。

けれど、過ぎてしまった過去には、もう二度と戻ることはできない。

過去にどれだけ後悔があろうと、やり直すなんて不可能だ。

僕たちの前に広がる道は、時計のように円ではなくて、ただただまっすぐに延びているだけ。そして、ゴールに辿《たど》り着《つ》いたらプツリと終わる。

それが生きるということであり、人生なのだ。

とらわれかけていた意識を取り戻した僕は、その広告から目を逸《そ》らして、間もなく入ってきた向かいの電車に乗り込んだ。

ジャケットのポケットが振動する。僕の仕事仲間で、親友の正樹《まさき》からの着信だった。

『もしもし？』

「おう、どうした？」

僕がそう言うと、正樹は少しの間勿体《もったい》つけるように言葉を濁してから言った。

『実は俺、結婚することになったんだ』

「え、美紀《みき》ちゃんと？」

突然の報告に僕は驚いた。心なしか正樹の声も高揚しているようだった。

『ああ、そろそろけじめつけようと思っていてさ。もう付き合って八年になるからな。

それでさっきプロポーズして、ＯＫもらって。真っ先にお前に知らせたってわけ』

「おお、おめでとう！　ありがとうな」

『おう！　とりあえず詳しくはまた話すよ』

電話が切れた後も、弾んだ正樹の声が耳から離れなかった。

僕はゆっくりと携帯を閉じる。親友の幸せは心から嬉《うれ》しかった。

だけど、そんな話を聞く度に、僕は彼女のことを強く想《おも》うのだった。

彼女と別れて以来、僕は数人の女と付き合ったけれど、誰一人として心から愛せた子はいなかった。

一方通行だろうとなんだろうと、僕の小指に結ばれた赤い糸は紛れもなく彼女に繋《つな》がっていたのだから仕方がない。

それなのに、僕には今、同棲《どうせい》している加奈《かな》という女がいる。

「好き」かどうかはわからないが、少なくとも「嫌い」なところは何一つない。

とてもいい子だ。心から愛せたら、と思う。

加奈は、今でも僕が彼女を想っていることを知っていた。それをわかった上で、僕と一緒にいてくれるのだ。

それなのに僕は、加奈本人にさえ、彼女の面影を見つけようとしている気さえする。

そのことに大きな罪悪感を抱えながらも、自分で正せる気もしなかった。せめて取り繕うよう努力しても、それは多分、無駄に終わるだろう。

なぜなら加奈は、彼女の親友だったから——。


アパートへ戻ったのは深夜に近かった。加奈はまだ起きていて、

「お疲れさま、また残業？　ご飯食べる？」

と立ち上がってキッチンに向かう。

「ああ。でも、先にシャワー浴びてくる」

テーブルの前に腰掛けた時には、温め直された料理が並べられ、冷蔵庫から取り出したばかりのビールがシュワシュワと音を立ててジョッキに注がれているところだった。

七対三という完璧なバランスで注がれた泡。まるでＣＭに出てきそうなほど見事なそれは、加奈の得意技だった。

ふと、彼女が注いでくれた泡ばかりのビールが脳裏に蘇る。

いけない、と頭を振ってそれを無理やり頭の中から追い出した。

誰がどう見ても加奈は家庭的でいい女であることは明白だった。なのにどうして僕

は、今でも彼女ばかりなのだろう。

そう思う度に、小さな罪悪感が胸をチクチクと刺し続けるのだった。

彼女と加奈は外見もよく似ていた。類は友を呼ぶ、なのだろうか。

長かった髪をばっさり肩まで切った加奈が、彼女と重なり、今日もこうして無意識に顔を背けてしまうのだった。

「髪切ったの。気がついた？」

短くなった後ろ髪をしきりに撫《な》でつけながら加奈が言った。

「ああ。気づくさ、さすがに」

加奈と目を合わせないようにして、僕は料理を口に運んだ。

「そうよね、だって30センチは切ったもの」

そう言って、加奈は両手を広げてみせた。

「思わず持って帰ってこようかと思った」

「そんなもん、どこに置くんだよ」

「そう思って、持って帰ってこなかったわよ」

加奈がフフッと微笑《ほほえ》みを零《こぼ》す。

「アカネも、いつもこのくらいだったわよね」

その名前に、無意識のうちに黙りこくる。

そんな僕を見かねた加奈が、ふうとため息をついた。

「ねえ、まだ行く気ないの？」

「……」

「……だってもうすぐ七回忌だよ？」

アカネが死んだのは、別れてちょうど三ヶ月が過ぎた頃だった。

そして僕がそのことを知ったのは、それからさらに数ヶ月後。偶然、街で加奈とすれ違った時のことだ。

死因は急性心不全の突然死だった。

加奈の情報によると、亡くなる前のアカネはほとんど食事をとれなくなっていたらしい。

僕と別れたその足で引っ越していったアカネ。そこで独り、部屋のソファーに腰をかけたまま息を引き取っていたところを母親に発見されたのだそうだ。

たった三ヶ月後に彼女が死んでしまうなんて誰が思っただろうか。もしわかっていたのなら、遠距離なんてことくらいで、意地でも彼女と別れたりしなかった。

引き止めるか、僕がアカネのもとへ行き、毎日そばにいて、彼女が苦しみだしたらすぐさま病院へ連れていっただろう。

今更考えたってもう遅いことは十分わかっている。それでも何度も同じことばかりを繰り返し考えた。何千、何億、それは巨大な渦となって僕をのみ込み、今もその中にいる。

加奈に返事をしないまま、立ち上がってベランダの窓を開けた。

タバコに火をつけ、ウッドデッキの上に座り込み、肺に溜《た》めこんだ息をゆっくりと吐く。向かい風でもろに煙を顔に浴び、ギュッと目をつぶると目じりに涙が滲《にじ》んだ。すぐ後で加奈も僕の隣に並び、口の右端にタバコをくわえた。僕は同じく火をつけてやる。

僕のより細長くて白いタバコは、加奈の細い指に似合っていた。

「七回忌、今月の十五日だって。命日だからって」

黙り続ける僕に、彼女は続ける。

「七回忌っていったって、まだ六年しか経《た》ってないのに変よね。もうこんなに経ったんだ、さっさと見切りつけろ、ってことかしらね」

言ってから彼女はハッとした顔をしてごめん、と小さく謝った。

「お前が謝ることないさ」

「でも……」

「お前は何も悪くないよ、悪いのは僕だ」

「どうして？　雄《ゆう》くんは何も悪くない」

「雄くん」と言われて一瞬、誰のことだかわからなかった。彼女のことを考えすぎていたせいだ。そう呼ばれて、加奈が彼女でないことを改めて実感する。

木口雄大《こぐちゆうだい》。

それが僕の名だ。

彼女は僕のことを「大ちゃん」と呼んでいた。

そう呼んだのは後にも先にも彼女だけだった。他の誰とも同じように呼びたくない、という彼女のこだわり。

当時はそう呼ばれても、どうもしっくりこなかった。けれど、今となっては「大ちゃん」以外の僕は、僕であって僕じゃない。そんな気がした。

もし、「本当の僕」というものがあるとしたなら、それは「大ちゃん」であり、彼女が死んだ時、一緒にこの世から消えてしまったに違いない。

彼女なしに生きていくことも、彼女以外の誰かの隣で眠ることもできてしまう今の僕は、ただの抜け殻に他ならなかった。

彼女は僕の大事な部分を根こそぎ抱えたまま、この世を去ってしまったのだ。

「……ぅあっ！」

体中にじっとりとした汗が滲んでいた。息を切らして隣に目をやると、加奈は気づかず寝息を立てていた。

静かに起き上がって、冷蔵庫から取り出したペットボトルの水を一気に飲み干す。

——1月10日3時20分。

さっきまで見ていた光景が瞼《まぶた》の裏で生々しく蘇ってくる。彼女が死んでから、僕は何度も同じ夢を見るようになった。そして何度もうなされるのだった。

彼女が死ぬ直前に電話をかけた相手は僕だった——。

別れを切り出したのは確かに彼女で、とっくに僕のことなど忘れたと思っていたのに。必要なのは、僕が彼女を忘れることだけだと思っていた。

だから、それを聞いた時、僕は不謹慎にも嬉しかった。そして、その後その何倍も後悔に打ちのめされることになったのだ。

なんとかして彼女を忘れようとした僕は、別れてからすぐに番号ごと携帯を買い換えた。そんな僕が予想もしない彼女からの電話に出ることは二度と叶《かな》わなかった。彼女は朦朧《もうろう》とした意識の中で、ようやく押し終えたその十一桁の数字の先から、冷たく突き放したような電子音を聞いたのだろう。

――オカケニナッタ電話番号ハ、現在使ワレテオリマセン。

最後の時に、彼女がどれほど絶望したのだろうか。

夢の中で永遠に鳴り響くアナウンス。

それは紛れもなく、僕の彼女への後悔と未練の塊になった。

結局、寝つけなかった僕は上着を羽織り、加奈が起きてこないよう用心深く玄関のドアを開けた。

空はまだ、瞼を閉じたように真っ暗だ。夜明け前が一番暗いのなら、正しくその辺りの時間なのだろう。

僕はマンションの下に止めてある車に乗り込んだ。

少しドライブでもして気を紛らわせよう。国道に乗り、窓を開けて風を浴びる。どこか宛てがあるわけでもなかった。

気のむくまま車を走らせた結果、辿り着いたのは僕の実家だった。

まるで何かが僕をここへと導いているかのように、自然な流れだった。

こんな風にアカネのことばかり考えてしまう日は、いっそ、彼女にまみれて夜を明かすのも方法かもしれない。

僕は家の前に車を止め、一応普段から自宅の鍵と一緒にして持ち歩いている実家の鍵で玄関のドアをあける。もちろん、中はシンと静まり返っていた。

懐かしい実家の匂いがする。こんな時間に突然息子が帰ってくるなどと思っていない両親はとっくに夢の中のはずだ。

玄関を入ってすぐにある部屋が僕の部屋だった。

階段を上がる音で誰かを起こしてしまわずに済むのが、この部屋のいいところ。小さな音もたてないよう慎重に部屋の中へと忍び込んだ。

ドアの脇にあるスイッチを押して電気をつけた。

灯《あか》りの灯《とも》った部屋は、僕がここで暮らしていた時よりも一回り小さくなった気がした。決して気のせいなどではない。なぜなら僕がここで暮らしていた時にはなかった物が部屋の壁中にずらりと並べられていたからだ。

天井までぴったりと収まるサイズで作られた本棚には、とても読みきれない量の本が隙間なく収められている。

　僕がこの部屋を出てから、昨年に心筋梗塞《しんきんこうそく》で亡くなるまで、母方のばあちゃんが住んでいた。部屋のサイズに合わせて本棚を作ったのは僕だけど、そこに収められた本の多くを書いたのは、僕のじいちゃんだった。

　ばあちゃんよりも数年前に他界したじいちゃんは小説家だった。だから、並べられた本の中には同じタイトルのものが何冊もある。

　僕はじいちゃんの書く小説が子供の頃から好きだった。

　ボンレスハムみたいに分厚い本を抱え込み、読めない字をじいちゃん本人に教わりながら読んでいた。

　正直意味を正確に理解していたかといえば、きっとそうではないが、それでも生きる上で大切なことを僕は本を通してじいちゃんから学んでいたような気がする。

　僕は本棚に囲まれた部屋の窓辺に寄せられたベッドの上にごろりと横になった。

　多少埃《ほこり》っぽいが、そんなことをいちいち気にするほど潔癖ではない。

　このベッドは僕がいた頃と同じものだった。

　何度か、アカネがこのベッドの上で寝息を立てていたことを思い出す。

　僕はそこでそっと目をとじた。手首や首筋に直接触れるシーツが肌に冷たい。

『ねえ大ちゃん、私、本当はね……』

ハッとして目を開けると、今目の前にいた彼女が青白い蛍光灯に吸い込まれていった。

心臓がドキドキと波打っている。

いつも思い出す別れ際のシーンだが、今日はいつもに増して鮮明に感じた。

やっぱり、ここはダメだ。落ち着くどころが、かえって心が乱れる。

体を起こし、ぐるりと部屋を見渡した。

ふと、本棚に丁寧に並べれた本の中で一冊だけ反対向きに差し込まれている本を見つけた。

表紙にはじいちゃんの名前が印字されている。じいちゃんの本は全て読んだことがあるはずなのに、これは今まで一度も見たことのないタイトルだった。

「こんな本あったっけ……」

不思議に思いながら何気なくパラリと一ページ捲《めく》ってみる。

もしも、『後悔の旅』ができるなら、
僕はもう一度、七年前のあの日に戻りたい。

七年前、というフレーズに体がピクリと反応する。

アカネと別れたあの日も、今から七年前のことだった。

「後悔の旅…」

ポツリと呟《つぶや》いてみる。

まさに今の僕が一番望んでいることだ。

後悔という言葉と、彼女の名前はいつもセットになって僕を内側から支配している。

もし過去に残してきた後悔を巡る旅が出来たなら……。

ページを捲ろうとしている手がまるで余震のようにかすかに震えていた。ぱらり、と紙が擦れる音と共にページを移した、その瞬間だった。

視界がグニャリと折れ曲がり、重力のない巨大なワームホールの中にみるみるうちに吸い込まれていくような錯覚が起こる。

訳が分からず本を投げ出してその場に倒れ込み、うずくまった。

ああ、ダメだ！　吸い込まれる！

得体の知れない恐怖と、それとは対照的にとても温かく柔らかなものが僕を包み込む感覚がした。

身動きできずに、必死にぎゅっと目を瞑《つぶ》る。

ずいぶん遠くのほうで誰かの声が響いていた気がした……。

「頑張れよ、雄大」

それはどこかで聞いたような、懐かしい声に思えた。

タイムスリップ

薄らぼけた視界に懐かしいポスターが映りこむ。それは僕が好きな『レオン』という映画のポスターだ。

寝ぼけた眼《め》を擦りながら、辺りを見回してみる。どうやら、ここは実家の僕の部屋らしい。いつの間にか僕は寝てしまったようだった。

あれ、でもこのポスターは確か、本棚の裏に隠れていたような……。

ガチャン。前触れもなく開け放たれたドアの隙間から、誰かが顔を覗《のぞ》き込《こ》ませた。

「ちょっと、雄大。準備できてるの？」

お袋だ。

「え？」

「やだ、あんたまだ寝てたの？」

お袋の顔を見るのは久しぶりだった。車で十五分という距離に住んでいながら、碌《ろく》に実家には顔を出していない。半年、いや下手したらもっとだ。顔を出さなかったのは完全に僕の都合ではあるけれど、久々に息子と再会した第一声がそれってどうなのだろう。

「しっかりしてよ、お父さん帰ってきちゃうわよ？」

なおもお袋は急《せ》かすように部屋に入ってきては、僕を跨《また》いで勝手に窓を開けた。

一気に外の冷気が部屋の中に流れ込んでくる。僕は思わず足元に丸まっていた毛布を手繰《たぐ》り寄せた。

「準備ってなんの？」

「なんの、じゃないわよ。昨日パパが亡くなって、お通夜が今日になったって言ったでしょう」

「……誰の？」

「誰のって私のパパ、昨日亡くなったでしょう。まだ寝ぼけてるの？」

「……は？」

母の父。それはつまり小説家だった僕のじいちゃんのことらしかった。

二〇一〇年一月、前の晩から雪が降り続いたある日。横断歩道をわたっていたじいちゃんは、積もった雪でスリップしたトラックに撥《は》ねられ、意識不明の重体だった。

しばらく集中治療室にいたけれど、数日後そのまま目覚めることなく逝ってしまった。

「お父さんが帰ってきたら、すぐ出るんだからね。いいからさっさと喪服に着替えてちょうだい」

泣き腫《は》らしたような赤い目をしたお袋は、苛立《いらだ》った様子でドアを閉め出て行った。

そのドアを僕はただぼんやりと見つめていた。

何年も前の出来事にそこまで泣いたりできるだろうか。まさか、お袋呆《ぼ》けたのか？

そんな心配をしながら、起きぬけに自分の携帯電話を探す。充電コードの先にささっていた携帯を見つけ――啞然《あぜん》とした。

それは見覚えのある懐かしい形だった。いわゆる、ガラケーってやつだ。

もうずいぶんお目にかかっていないそれを、僕は恐る恐る手にする。

「……これ、昔使ってたやつだ」

それはアカネと別れた後、買い換える前まで使っていた携帯電話だった。

……確かこの携帯は買い換えた時に処分してもらったはず。

何が起きたのかわからないまま、折りたたみ式のそれを開き、恐る恐る画面を覗き込む。そして液晶に表示された日付を見て、僕は思わず息をのんだ。そこに表示されていたのは、

【2010年1月10日】

ちょうど、七年前だった。

……いやいや、おかしい。絶対、おかしい。急に寒気がしてきて、持っていた携帯をベッドに放り投げた。

「……どうなってるんだ……夢……なのか？」

その瞬間、いくつかの出来事が同時に脳内に蘇った。フラッシュバックする記憶の中で、じいちゃんの小説を手にする自分の姿。そうだ。確か部屋であの小説を……。

思い出しかけて、もう一度部屋を見回して再び愕然《がくぜん》とした。

昨日の夜、ここに来た時にはあったはずの本棚が一つ残らず綺麗《きれい》さっぱりと消えてなくなっていたのだ。

「……ここは本当に、過去、なのか……？」

もう一度携帯を手に取り、裏側に貼られたプリクラを見つめる。そこに写っていたのは七年前、まだ十八歳の僕と——死んでしまったはずの彼女だった。

その中で彼女は、僕に向かって満面の笑みを浮かべている。

これがもし夢でないとするなら、彼女はまだ……？

ふいに部屋のドアがガンガンガン、激しくノックされた。

「雄大！　準備できた⁉　お父さん帰ってきたわよー」

「わ、わかったから！　今行く！」

整理のつかない思考のせいで逸《はや》る心を抑えて、急いで部屋のクローゼットを開けると、昔使っていた安い香水が匂った。

とりあえず、掛けられていたクリーニング済みのスーツと黒いネクタイを手に取って着替えた。

部屋の片隅に置かれた全身鏡を覗き込んで、また驚かされる。

もう何年も染めていなかったはずの髪が、赤茶色に変化している。そう、まるで十八歳の頃の自分のように。鏡に写る僕の顔は少し丸く、頬にはニキビが二つ。ちょうど七年分幼い顔をしていた。


じいちゃんの二度目の通夜には、見覚えのある顔が並んだ。お袋の兄弟のおじさんやその奥さん、じいちゃんの友達、仕事関係の人。さっきから忙しそうに挨拶に回っているのが、僕のばあちゃんだ。

ばあちゃんを見つけるなり駆け寄っていくお袋を見て、やっとこの世界が七年前の過去であることを確信した。信じざるを得なかった。だって目の前のばあちゃんは去年心筋梗塞で倒れそのまま呆気《あっけ》なく逝ってしまった、あのばあちゃんだったから。

頭がおかしくなりそうだった。いやもうなっているのかもしれない。空気が抜けた風船のように、僕はそこの棺桶《かんおけ》の中で横たわっているじいちゃんよりも生気を失っていたに違いない。


式場に入ると、じいちゃんの遺影が僕らを出迎えた。

いい笑顔だ。確か、一度目の式の時もそんなことを思った。

小説家だったじいちゃんは、亡くなったことが新聞の片隅で取り上げられるくらいには有名だった。その昔、じいちゃんの小説はドラマになったことがあるらしい。

その時のインタビュー記事に、じいちゃんが小説家を志したきっかけが語られていた。

『何かを自らの手で作り出す、生み出すということは、人生において最も素晴らしい体験だと思うのです。特に我々男性陣は、女性のように生命を生み出すことができない。女性に比べてそういった類の体験に必然的に乏しい。それでも、我々男も、自分の手で生み出されたものがどれだけ尊いものなのかを本能的に知っているんです。だから、子供というものは何よりも尊い存在だと思える。けれどもやっぱり女性には敵《かな》わない。もし我が子が自分の身体《からだ》から生まれてきたら、と考えるとそれは想像を絶する幸福でしょう。私は私が尊いと感じる本能に従って、自分でできる方法でそれを実現したのです。それがたまたま小説だっただけのこと。何かを作る、モノを生み出す、という行為は私にとって人生そのものなのです』

僕が大工の道を進んだのも、このじいちゃんの言葉がきっかけだった。僕には到底小説などは書けないが、ものづくりを志す、という点においては同じことだろうと思う。自分たちの手で一から家が建っていく過程には、言葉では言い表せない感動がある。そして人生がある。

じいちゃんの言葉を借りて言うなら、僕は僕にできる方法でそれを実現したのだった。

通夜は一度目の時と何一つ変わらず滞りなく進み、ばあちゃん、お袋の兄弟の夫婦、僕ら家族は斎場の控室に宿泊することになった。

一晩中、僕は眠れなかった。仮眠をとる両親の隣で、敷かれた布団に潜りながらも、睡魔を感じる普通の感覚なんてどこかに吹き飛んでしまっていた。

どうにも眠れなくて朝方を迎え布団から抜け出すと、障子の端が少し開いていた。覗いてみると、じいちゃんの遺影の前にちんまりと背を丸め座っているばあちゃんがいて、それはまるで幽霊みたいに思えた。けれど、今、ばあちゃんは生きている。

「起こしたかい？」

僕の気配に気づいたばあちゃんが口元を緩《ゆる》めた。

「いや、眠れなかったんだ」

言葉を返して、僕は隣側の障子を少し開いてみた。

——雨が降っている。

空もじいちゃんの死を嘆いている。そう思わずにいられないほど、じいちゃんは他人の気持ちを理解することに心を砕くできた人だった。

「……呆気なく逝ってしまって、本当に困った人だねぇ」

その言葉が懐かしかった。「ねぇ」と伸びる語尾は、ばあちゃんの癖だ。まさか、それをまた聞けるなんて思ってもみなかった。

深く刻まれた数本のシワのせいで、目元がとろんと垂れている。

「でもねぇ、きっとじいちゃんはこうなること知っていたんだと思うの……」

薄明かりの中、ばあちゃんは呟くように言った。

「……じいちゃんにはねぇ、先見《せんけん》の明《めい》があったんだよ」

「先見の明？」

ばあちゃんはこくりと頷《うなず》いた。

「じいちゃんは未来が見える人だったから……」

ドキリとした。そんな話今まで一度だって聞いたことがない。

「……どういうこと？」

「つまりねぇ、じいちゃんは自分がいつ死ぬのかを知っていたってことだねぇ」

眉間《みけん》に深いしわが寄る。

「でも交通事故だよ？　もしそんなことができたなら前もって……」

「人は死からは逃れられない。変えられるのは……」

不意にばあちゃんが僕をじっと見つめた。まるで僕の心の中まで見透かそうと覗き込むように。

「……雄大、あんたどっから来たんだい」

突然のことに、思わず体が跳ね上がる。

「どっからって……」僕は狼狽《うろた》えながら言った。

「どこか遠くに行っていたんかねぇ？」

胸にザワザワとした波が押し寄せた。もしかして、ばあちゃんは今僕に起きている現象について、何か知ってるのだろうか。

「それって……」

僕が問いかける前に、ばあちゃんがそれを遮った。

「ちゃあんと生きないといかんよぉ。泣いても一生、笑っても一生」

それきり、ばあちゃんは他に何も言わなくなった。僕も何も聞かなかった。

ばあちゃんが何か知っていると思ったのは、僕の勘違いだったかもしれない。

でも、なぜだかばあちゃんと話したことで、僕の乱れていた心がいくらか冷静さを取り戻せた。

「火葬が終わりましたので、お骨揚げをお願い致します」

係の人の後についていくと、すっかり体の透けたじいちゃんが横たわっていた。

僕にとっては二度目のじいちゃんの葬式になる。もちろんこれを見るのは初めてではない。

菜箸《さいばし》みたいに長い竹箸を使って、僕たちは二人一組で骨を拾い、丁寧に一つずつ骨《こつ》壷《つぼ》に運ぶ。みんなが拾い終わると、最後に残された部分を係の人が拾いきる。一番最

後に、

「これが喉仏《のどぼとけ》です」

と骨壺を下ろし、ばあちゃんに箸を二つ持たせた。

「ほら、雄大」

するど、片方の箸を差し出しながらばあちゃんが僕を呼んだ。

一度目の時はなかったことだった。不思議に思いながら、ばあちゃんに促されるまま僕は前に押し出される。

そういえば、今朝の会話も一度目にはなかったことだ。あの会話で過去にはなかった新しいことを共有した、ばあちゃんと僕。それによって、過去が少し変わったのかもしれない。

「ほら、ごらんよ」

ばあちゃんが最後に残った骨を指さして言った。

「なんで喉仏が最後かというとねぇ、この形が仏さんの姿に見えるからなのよ」

確かに座禅を組んだ仏さんが合掌《がっしょう》している姿にも見える。

「じいちゃんはいつも、あんたを心配していたんだからねぇ。今もあんたの仏さんになって見守ってくれているはずだよ」

ばあちゃんと二人で喉仏を慎重に骨壺に収め終えると、じいちゃんは今朝のばあちゃんの背中よりもっと小さい箱に収まった。


気づけば、僕はずいぶん深い眠りに入りこんでいた。目覚めた時、僕はいったい自分が、いつ、どこにいるのかもさっぱりわからなかったから。

「うう、さむ……」

冬だというのにベランダの窓が半分も開いていた。

音を立てて入り込んでくる冷たい風。レースのカーテンがまるで踊っているみたいになびいていた。

またお袋らしい。いつも換気だとか言って、勝手に開けていくのがお袋の日課だった。

葬式も無事済んで帰宅した僕は疲れ切って、睡魔に勝てずそのまま身を委ねることにしたのだった。

あのガラケーに手を伸ばす。

【2010年1月12日16時34分】

相変わらず、画面に表示されるのは過去だった。

もう一度寝てしまえば、もとの世界に戻っていたりして。そんな僕の楽観的観測は見事に外れた。やっぱり、ただの夢ではないことを実感する。

──本当に過去に来てしまった。

一体自分の身に何が起きたというのだろう。

もしかして神様の仕業なのではないか、僕はかなり本気でそんなことを思っていた。

手にした携帯のメールの受信ボックスを開いて見る。そこにはもう二度と見ることができないと思っていた懐かしい名前が、画面いっぱいに並んでいた。

【アカネ】

仙崎茜《せんざきあかね》。それが彼女の名前だった。

彼女は僕の恋人だった。

二〇一〇年の今を基準にしていえば、今年の十月のあの日に、僕たちは別れた。

きっかけは彼女が遠くに引っ越すことが決まったことだった。当然、遠距離恋愛になるつもりでいたのに、彼女の方は違っていた。

別れの理由が本当に遠距離のせいだけだったのだろうか。

そんなことすら聞けもせず、彼女を引き止めることも出来ず、ただ見送ってしまった。気の利いた言葉で繋ぎとめることも、自分の本心を伝えることもできなかった。

そのことを思い返す度、僕の心は後悔に溺れ、その闇は暗い海のようにますます黒く、深くなるばかりだった。

毛布にくるまったまま、タバコとライターを持ってベランダに出る。赤く燃える火種からゆったりと白煙が天にたち昇っていった。

あれはアカネの家の前のコンビニだったと思う。そこにポツンと置かれた筒状の灰皿の前で僕は立ち止まった。

雪こそ降らなかったものの、外はその冬一番の寒さだった。僕がポケットからタバコをくわえるのに気がついた彼女は、当然のように隣で立ち止まり膝を抱えてしゃがみ込んだ。

『立ち上る白い煙って、きれいだね』

そんなことをよく言った。

コンビニの中に入って待っていてと言っても、彼女は黙って隣で待っていた。タバコを吸う僕の隣で、タバコを吸わない彼女の口から白い煙が漏れていた。

幸せや、本当に大切なものは何気ない毎日の中に隠れている。

そんなことを誰かが言っていた。

あの時、僕は確かにそれを感じていた。

あの瞬間がたまらなく好きだった。

彼女にとってはいい迷惑だったに違いないが、そんなささやかで、夢のようなことが、今また叶えられようとしている。

考えただけで、心臓の鼓動が強く、強く、打ち鳴らされた。


今日、僕はアカネに逢いにいく。

きっと彼女は、まだ生きている。

彼女は、どんな反応をするのだろうか。

どんなふうに僕を見つめるのだろうか。

もう一度君に

カッシャン――。鍵が二回まわるのに続いて、チェーンを外す音がした。

「あ、大ちゃん。急に来るなんてどうしたの？」

彼女は大きな瞳をパチクリしながら僕を見つめていた。

――声が、出ない。息をするのさえやっとだ。正直、死んだばあちゃんと一年ぶりに再会した時とは比にならないほど、僕は今自分が見ている光景に狼狽《うろた》えていた。

「……アカネ？」

かろうじて絞り出した声はひどく小さく掠《かす》れ、震えていた。

「うん？　入らないの？」

落ち着け、と言われたって無理だった。

この数年間、僕がどれだけ夢に見ても叶わなかったことが、今、目の前で起こっているのだ。

僕は玄関先に突っ立ったまま、アカネの顔をひたすらに目に焼き付けた。

「どうしたの？」

無理もない。僕の様子をさすがに不審に思い始めたらしいアカネが眉《まゆ》を寄せて僕を見上げる。

本当にアカネだ。

アカネが、生きている。

そう思った瞬間、無意識のうちに目の奥に熱いものが押し寄せてくるのがわかった。

「……ご、ごめん、ちょっと待って……」

思わず顔を背ける僕に、

「え？　なんで泣いてるの？」

彼女が驚いたように目を見張る。

「泣いてないよ、ちょっと目に、ゴミが入って……」

こんな状況じゃ、どうしたって苦し紛れの言い訳しか思いつかない。

「と、とりあえず寒いから中入って？　ね？　コーヒーでも飲んで」

彼女に背中を押されてどうにか部屋の中に入る。

1Kの十畳ほどの洋室には、白いベッドに白いチェスト、白い二人掛けソファーに、白いテレビ台が置いてある。

とても気に入ったテレビ台があるのだけれど、色が合わないから困っていると言うので、それを白く塗ってやったのもこの僕だった。

記憶に残るこの部屋は過去のまま、何も変わっていなかった。

「まだ痛いの？　目薬使う？」

部屋の隅で立ち尽くす僕に、アカネは言った。

「いや、大丈夫」

そう言いながらもアカネから目を逸らさずにはいられない。

それに気づいたアカネがまた不審そうに言う。

「何か私の顔についてる？」

「……ついてないけど」

「じゃあ、なんでそんなに見るの？」

なんでって、そんなもん決まってるじゃないか。

「……大ちゃん大丈夫？」

「あ、うん」

なんとかソファーに座るだけの正気を取り戻した僕に、アカネは淹《い》れたてのコーヒーを手渡してくれた。すぐ横にアカネが座る。

僕は冷静を装うためだけに、それを一口含んだ。舌先に柔らかな苦味が広がる。

「ピッピッピ！」

その音に振り返ると、窓辺にちょこんと置かれた鳥籠《とりかご》の中で、緑色の羽を持つ一匹の小鳥がこちらに向かって何かを喋《しゃべ》りかけていた。

グリだ。彼女が飼っていたインコの名前。

確かマメルリハとかいう種類のインコだったはずだ。

「ねえ」

不意にアカネが口を開いた。

「……何？」

「お爺様《じいさま》のことなんでしょ……？」

「……は？」

「は？　って、だからその……泣いてたから」

どうやらアカネは僕が泣きそうになっていたのをじいちゃんの死のせいだと思い込んでいるらしい。タイミングがタイミングなだけにそう勘違いするのも無理はない。

「いや、そういうわけでは……」

「え、違うの？　じゃあ何？」

そう訊き返されて、僕は一度大きく深呼吸をした。

全身を駆け巡る鼓動と一緒に、カップを持つ手まで微《かす》かに震えている。

「……アカネ、さ」確かめるようにその名前を呼んでみる。

「うん？」

当たり前だが、彼女は何でもないように頷く。

ただそれだけのことで鼻の奥がツーンと痛んだ。

「……元気？」

「え、うん。別に、元気だけどなんで？」

「胸が苦しくなったりとかは、しない？」

「……特にないけど」

「そっか。ならよかった」

とりあえず、今の彼女が突然倒れる、なんてことはなさそうだ。

思わずため息をついて、誤魔化すようにまたコーヒーをチビッとひと口飲んだ。

「やっぱ、なんか変」

彼女はまだ疑《うたぐ》り深《ぶか》く僕の顔を覗き込んでくる。

「いや、なんでもないんだけど。ちょっとね……」

僕はアカネの視線から逃げるようにグリを見やる。

グリは首を傾けてジッと僕を見つめ返すと、羽をバサバサと震わせた。

「本当にグリったら、大ちゃんに慣れないわね。なんか悪いものでも背負い込んでるんじゃない？」

茶化すようにからかってくるアカネに、昔の僕なら気の利いた意趣返しをするところだけれど、今はどうだってよかった。

言いたいことがたくさんあったはずなのに、彼女を見た瞬間、どこか遠くに吹き飛んでいってしまったようだ。

僕が黙っていると、コテンとアカネの頭の重さが僕の肩にのってくる。張りつめていた緊張の糸がプツンと切れ、同時に目の奥が一気に熱くなった。さっきはどうにか耐えたが、今回はかなりまずい。

本当は声を上げて泣き出したい気持ちだった。

当たり前のように交わされる会話。肩にかかる彼女の重み。彼女の圧倒的な存在感の一つ一つが、僕に安堵《あんど》感をもたらしてくれる。

アカネが生きている。

ここが過去だとわかっていても、何度も繰り返しおとずれる湧き上がる波のように、この感情は永遠に引くことを知らないのだろう。

アカネが動くたびその場に微かに生まれる空気の動きや、彼女がいることで少しずつ上昇していく部屋の温度まで。そんな一つ一つが愛おしくて、彼女ごと全て残らず宝箱に詰め込んで、どこか別の星に攫《さら》ってしまいたい。

それができないならいっそ。

この瞬間で永遠に時間が止まればいい。

こうしてアカネが僕の目の中に映っているうちに、全てを終わらせてしまいたいとさえ思った。

今、僕が「アカネ」と呼んだら、彼女は答えてくれるだろう。

ただそれだけで、たったそれだけのことで、この数年の間一度たりとも満たされることのなかった僕の心が、みるみるうちに一杯になっていくのを感じていた。

「あれ？　またゴミ入ったの？」

「なんか……」

僕の目から一粒の涙が零れ落ちた。

「……全然取れねぇんだ」

二つ、三つと零れる涙を見送って、それから先はもう数えるのをやめた。

僕はついにこらえることを諦めたのだ。

喉を詰まらせ、鼻をすすりあげ、嗚咽《おえつ》する僕を見て、彼女もそれがゴミのせいなんかじゃないことはもうわかっているはずだ。なのに何も言わず、ただそっとそばにいて僕の背中を抱きしめていてくれた。それが余計に僕の心を煽《あお》って、後でどう言い繕えばいいのかもわからないほど泣いた。

三十分、一時間、いやもっとだったかもしれない。放置されたコーヒーはすっかり冷めてしまっていた。

僕が少し落ち着きを取り戻したのを確認すると、アカネはコーヒーカップを抱えてキッチンに入っていった。

その隙にソファーの脇に置いてあったティッシュを二、三枚引き抜いて涙を拭《ふ》き、鼻をかんでくず箱に放り投げた。

近くにあったアカネの手鏡で顔を確認してみる。とても何事もなかったと言えるような顔ではない。お袋が目を真っ赤にしていた時と同じ顔だ。こうして見ると、僕は母親似なのだとつくづく痛感する。

戻ってきたアカネは、さっきのカップに熱々のコーヒーを注いできてくれていた。

部屋の真ん中に置いてあるこたつ。他の家具に比べてこれだけ、この季節しかお目にかかれないレア物で、質感も手触りも、僕のお気に入りだった。

白で統一された部屋の中で唯一木目の落ち着いた茶色。布っぽい匂い。こたつの上に常に三、四個転がっていたミカンなんかも好きだった。

僕は座っていたソファーからずるずると滑り落ち、こたつに足を入れた。

「ずっとそこにいたら、抜けられなくなるよ」

クスクス笑いながら、彼女は向こう側からこたつに足を入れてくる。中で足が当たって無駄にドキッとしてしまった。こうしてアカネの顔を見るのは本当に久しぶりだ。相変わらず肌は白くて、目は大きくて、鼻と口が少し小さい。耳につけたゴールドの小さなハートのピアスが懐かしかった。昔から気に入っていて、いつもつけていたのだ。

二杯目のコーヒーを飲み干したあたりで、ようやく心が鎮まってきた。

落ち着いてみると、死んでしまった彼女に訊きたかったことが湯水のように湧いてきた。

一体何から質問すればいいのだろう。とはいえ、さっき泣いたばかりだ。いきなり質問攻めにすれば今度こそ一層怪しまれてしまう。いっそのこと、今僕が置かれている状況を全て話してしまおうか。

実は僕、過去にタイムスリップしてるみたいなんだ！

いや、どうせ信じてもらえるわけがない。変な警戒心を植え付けては元も子もない。

とりあえず、今一番訊きたいことから尋ねてみることにした。

「あのさ、ちょっと訊きたいんだけど……アカネは僕と別れたいとか思ってる？」

訊いてみて、あまりにも単刀直入すぎたと思った。

「何？　別れたいの？」

案の定、アカネがむっとした表情を見せる。

「まさか。そうじゃなくて参考までに……」

それはあの日のアカネに尋《たず》ねたいことだった。できるだけ今のアカネの気分を害さないよう、声の調子を整えながら尋ねた。

「……別れたい時にはちゃんとそう言うわよ」

もし僕が今こうしてタイムスリップしていることに何か意味があるとするなら、やはり、アカネのいない未来を変えること、なのだと思う。なのに、彼女との別れの原因がわからないままでは何の対策も立てられない。

僕は彼女の苛立ちを承知で質問を続ける。

「じゃあ、もし別れるとしたら、何が原因?」

「……そうねぇ、大ちゃんが浮気したら、かな」

ていねいにも、アカネはあからさまなため息を添えてみせた。

「浮気なんてするわけないじゃないか!」つい、感情的に声を荒げてしまった。

「もし、って話でしょ?　もう急に感情的にならないでよ」

身に覚えもない罪を着せられて振られたと思ったら、感情的にもなるよ。そう言いたいのをグッとこらえてのみ込んだ。

「ごめん、だけど一つ先に言っておくけど、僕は絶対浮気なんかしないし、これから先だって絶対にしないよ、僕は一生アカネと……」

そこまで一気に言い切った。

勢いに任せ、もう少しでプロポーズまでしてしまいそうだった。

あれほど後悔し、忘れられなかった人だ。

僕としてはもちろん構わないが、まだ高校三年のアカネに、同い年の僕がプロポーズしたってまともに取り合ってもらえるはずがない。

「わかってる。大ちゃんは浮気できるような人じゃないから」

「わかってるならなんで……」

そう言いかけてやめた。これ以上しつこく質問攻めにあわせたら、間違いなく喧嘩《けんか》に発展する。彼女と過ごした二年半の間に培《つちか》った勘が働いた。

過去をやり直すためにも最低限、彼女とだけは諍《いさか》いを避けたい。あんなことになる以前の僕と彼女の間には、とにかく喧嘩が絶えなかった。せっかく過去に戻るチャンスをもらえたというのに、この時間を無駄にしたくない。

「なんかあったの？」

「いや、別に何もないけど」

「……やっぱり変」

本当は今すぐにでも話してしまいたい衝動にかられていた。

目の前にいる僕は未来からやってきたこと。

もしかしたら未来を変えられるかもしれないこと。

なぜなら、未来のアカネはもう――。

だけど、そのことを話してしまえばこの幸せな時間が壊れてしまう気がした。

「――気にしなくていいからさ」

ふーん、とアカネは不服そうに僕を見やった。

「……ねぇ、大ちゃんは運命ってあると思う？」

「運命？」

そう、と頷く。

「どうだろう？　アカネは？」

「あるわ、きっと」

「なんで急に？」

「なんとなく、私は大ちゃんと運命で繋がってると思うの」

アカネは少しだけ照れ臭そうに言った。

「なんで？」

「だから、なんとなくよ。そういうのってさ、きっと言葉で説明できないから〝運命〟って言葉が作られたんだよ」

そう言ってアカネは僕の手に自分の手をぴったりと合わせてきた。彼女の手は僕の手よりもちょうど一関節《ひとかんせつ》分小さい。

生きている、アカネのぬくもりが手のひらから僕の全身に伝わってくる。

「ね、大ちゃん」

「……うん」

「ずっと、この手を離さないでね」

＊

カチャン。鍵の開く音がした。今さっき帰った大ちゃんではない。この部屋の鍵を持っているのは、私ともう一人——あの人だけだ。

「茜ぇ？　開けてぇ！」

甘ったるいだけで、心のこもってない声で私を呼んでいる。

深呼吸をして私は立ち上がった。いつもチェーンを掛けているから、鍵があるだけでは入れない。用心と見せかけて、実際にはあの人への小さな反抗心だった。

「久しぶりだねぇ。元気ぃ？」

それが同じ家に住む娘に言うセリフだろうか。

言いたいことを言わないでいる我慢強さを、私はこの人から教わった。

今年三十七歳になるとは思えない派手な赤毛に、年々ケバくなる厚化粧。ド派手なファーのコートに、ミニのニットワンピース。目の粗い網タイツを黒いスウェードのロングブーツで辛《かろ》うじて隠しているが、どこからどう見ても夜の女だ。

「やだ、酒臭い」

「そりゃそうよ、お仕事だもぉん」

ふらふらと足元の覚束《おぼつか》ない母の肩を抱えて、部屋に入る。

「何それ？」

母が手に持っているビニール袋を指さして訊くと、

「ビールよ！　ビール！」

呂律《ろれつ》の回らない言葉が返ってきた。

「え、これ以上飲まないでよ」

奪い取り冷蔵庫の奥へしまいこむ。母のコートを脱がし、ソファーに座らせ、ビールの代わりにキッチンで汲《く》んできた水を渡す。

「茜は本当に気の利く子に育ったわねえ！　お母さん嬉しい！」

「はいはい、わかったからもう寝なよ」

化粧もそのままだったが、翌朝この人の肌がどうなっていようと私の知ったことではない。

「やだ～、もう久しぶりに帰ってきたんだから話そうよぉ～」

どっちが子供なんだかわからないのは今に始まったことじゃない。

私が物心ついた時にはすでにそうだった。酔いつぶれて帰ってくる母を介抱し、ご飯を作り、家事をして寝かしつける。おかげで家事が大嫌いになってしまった。

昔と変わったことといえば、スナックの常連客で橋本《はしもと》さんという男と五年前から付き合いはじめてから、滅多に家に帰ってこなくなったことくらいだ。

一応ここが母のホームではあるらしいが、この部屋にある母の荷物といえば衣替え前の服と、いつまでも新品のままの歯ブラシくらいだった。

橋本さんはどこかの有名企業のお偉いさんだそうで、ずいぶん母に貢いでくれるらしく、ついでに私の生活費や学費も彼が払ってくれていた。

最初こそプライドからその援助を受け入れられなかった。けれど、それは母親らしい振る舞いをしない、彼女への反抗心だと気づいてしまってから、そんなプライドがばからしくなり、今では大人しく彼の好意を受けている。

たまたま会社のお偉いさんで、母に媚《こび》を売るついでに、私にも良くしてくれているだけ。騙《だま》し取《と》ったりしてるのではなく、相手が気持ちよく差し出してくれているのだ。

そう思い込んで、くだらない感情に蓋をすることに決めた。

母がバッグからタバコケースを取り出す。私は出窓に置いてあったガラスの灰皿をこたつの上に置いた。まるきりゲストへの対応みたいだけど、これもいつものことだった。

「ねえねえ」

駄々っ子みたいに母が私の部屋着の裾を引っ張ってくる。

「何？」

「茜、彼氏いるの？」

母は灰皿に残っていた吸殻を指さして言った。そもそも家に一つ置かれたこの灰皿は大ちゃん専用だった。

「いるけど」

「へえ、そうなんだ！　イケメン？」

娘の彼氏の一番気になるポイントが外見？　普通、いつから？とか、どんな子？とかじゃないのだろうか。友達に彼氏ができた時だって、いきなりそんな不躾《ぶしつけ》なことを訊いたりはしない。

大ちゃんと付き合って二年が経とうとしている間に、この人が未だにそれを把握していなかったことに少し驚いた。結局、この人は自分以外のことに興味ないのだ。

それなら、こっちだって自分からは知ってもらおうとは思わない。つくづくまともに取り合うのがバカらしく思えてきた。

母がタバコを揉み消し、いつの間にか空になったコップをこたつの上に置いてソフアーにごろんと寝転がる。

「ベッドで寝たら？　風邪ひくよ？」

「……うーん、いい。ここでいいわ……」

ベッドの上を片づけて母に振り向くと、彼女はすでに夢の中だった。

仕方なく、毛布を取ってそっと体にかける。それは、手触りの良さで選んだお気に入りの毛布だった。ふと、ため息がでる。

今まで何度ひどい仕打ちをされてきたかわからない。それでもこうして気にかけたり、面倒をみてしまうのは、母親に嫌われたくないという子供の心理なのだろうか。

それとも、血の繋がった肉親がこの人ただ一人だからなのだろうか。

そんな私の心情に欠片《かけら》も気づかず、無邪気に寝息を立てる母親を見ていると、沸々と胃の底から怒りが込み上げてくる。今すぐにでも叩《たた》き起《お》こして、今までの鬱憤《うっぷん》を吐き出しそうになった……その時、

「ピッピ」

グリが私を見て鳴いた。まるで「私を忘れてない？」と主張しているようだった。

生まれた時、いや、母の子宮の中で私が宿った瞬間から、もう父はいなかった。どうやら一夜限りの火遊びだったらしい。本当にその人かも疑わしいけれど。

確か中二の頃、受験勉強で必死に机にかじりついている時、滅多に帰ってこなくなっていた母が、バッチリでき上がった様子で久しぶりに帰ってきて、何を思ったか、私の腕を引っ張って目の前に座らせいきなり語り始めたことだった。

それまでに何度か聞いた時には、いつも「うるさい」とあしらわれてきたのに、まさか酒に酔った勢いで吐露されるとは思わなかった。

当時十七歳だった母にはキープしている男が複数人いて、それぞれと関係があったが、一人だけ本気だった人がいた。ただ、相手は十二歳年上で、すでに家庭があったらしい。

デートするだけだった間柄が最後にただ一回限りの関係を持ち、それっきり。その後、妊娠がわかったのだそうだ。けれど、その月に母が関係を持ったのはその人だけじゃなかった。結局、その既婚者の子だと信じた母が生んだのが私、というわけだ。

母は最初からシングルマザーだった。両親にも勘当され、今のスナックのママに拾われてからはずっとそこでお世話になっている。

若気の至りだ、と母は笑って言っていたけれど、こっちから言わせれば、そんな言葉で片づけられるのはいい迷惑だ。

記憶の中の母は七割方酔っ払っていた。ただ、そんな母の優しさに触れることのできるいい思い出も、その中で時折ふいに訪れるのだった。

今つけているこのピアスも、酔っ払った母から初めてもらったプレゼントだったし、ある日突然グリを連れて帰ってきた時も酔っていた。それでも私は嬉しかった。それに、グリを衝動買いしてきてくれたことは、これまでの人生で一番母に感謝している出来事だった。

グリを鳥籠から出してやると、珍しくすぐに肩に乗ってきた。しばらく私の肩で安定する足場を探して踏み変えていたけれど、どうにか収まったらしく、耳元でピッと鳴いた。

「……ありがとね。グリって本当に空気読むのが上手だわ」

ペットは飼い主に似るというが、グリもそうらしかった。

我ながら、その辺は得意でいるつもりだ。会話においても、人間関係においても、これ以上踏み込んではいけないという境界線には過剰に敏感だった。

今日の大ちゃんも、明らかにいつもと違っていた。けれど、追及してはいけないという直感が働いたのだ。

物心がつくまで母にずっとそうしてきたように、相手の機嫌を窺《うかが》い、時には笑顔の仮面を繕い、意見の食い違いから喧嘩になれば私から妥協する。とにかく嫌われないようにしなければという恐怖感が、今でも体中に染みついていた。母との生活で培った私のそんな強迫観念は、もうある種の執着かと思えるくらいの頑固さで、私の中に居座り続けていた。

それでも昔に比べればいくらかマシになった。私の愚痴を聞いてくれる存在ができたからだ。それがグリだった。

翌朝、母が出ていく背中を見送った。

またしばらく帰ってこないのだろう。一ヶ月、いや一年かもしれない。昔から待たされ続けていると、一ヶ月も一年も大差ないように思えてくる。次はいつ帰ってくる？　なんて口が裂けても訊かない。

それが私に残された唯一のプライドであるのと同時に、期待して裏切られることへの自己防衛でもあるのかもしれない。

「またね」

母はいつもそう言って家を出た。

次を約束するその言葉に、内心ほっとしている自分が情けない。捨てられたわけではないと思えることが、泣きたくなるほど嬉しかった。

＊

アカネの家からようやく家に戻ると、実家にいる猫のクロが玄関まで出迎えに来てくれた。足元に可愛《かわい》くすり寄ってくる。

「おお、クロ！」

ここ二、三日は忙しかったたし、未来でもほとんど実家に帰らなかったから、クロを見るのは久しぶりだった。未来のクロはもうずいぶん寿命に近づいているはずだ。長らく実家に寄りつかずにいたことに、初めて少し後悔する。

グリーンがかった瞳は、光の下でまるで宝石のエメラルドのように輝いた。毛は雪のように真っ白で、頭の天辺《てっぺん》に墨《すみ》をポツンと一滴だけ落としたような黒い点がある。どう見たって白の割合のほうが遙《はる》かに多いにもかかわらず、黒い斑点《はんてん》が一つあるためにクロと名付けたのは、野良猫だったこいつを拾ってきたお袋だった。

ごろんと腹を見せてクロがナーンと鳴く。

屈《かが》んで腹を撫でてやると、ふいに携帯が鳴った。

アカネだと思い込み、慌ててジャケットのポケットを弄《いじ》る。

当たり前のようにアカネから連絡が来る。なんて素晴らしい時代なのだろうと思った。

しかし携帯の画面を見てみると、それはアカネではなく、未来で婚約したばかりの友人、正樹からの電話であった。

「もしもし?」

『おう。お前、今家か?』

正樹の声を聞いていると、ここが過去であることを忘れてしまいそうになる。

「そうだけど、」

『ちょっと話あるんだよ。今下まで来てるから出てきてくれ』

僕はクロを跨いで再び玄関を出た。

家の前に黒のミニバンが止めてある。昔は毎日のようにこの車で、地元中を夜通し走り回っていたものだった。無防備だった十代を思い出して、その若さを取り戻したことに思わず身震いがした。

正樹とは十年来の親友で、僕が昔に仕出かしたちょっとした悪事を語ると必ずこいつも登場する。お互い言いたいことは言う質《たち》だったので、喧嘩なんかしょっちゅう。要は腐れ縁ってやつだ。

ドアを開けると、十代の懐かしい正樹が座っていた。額には剃《そ》り込みなんか入っていて一見、かなり柄が悪い。

未来の世界で次に会ったら「結婚おめでとう」と祝ってやるつもりだったが、今の正樹に言っても仕方がない。

「話って？」僕は助手席に乗り込みながら尋ねた。

正樹は、黙ったままタバコを吸っている。

「美紀ちゃんだろ、どうせ？」

こいつから相談されることといえば、昔っからだいたいが恋愛のことだった。顔に似合わず恋愛体質なのだ。恋愛がうまくいかないと仕事にまで影響が出る。同僚として勘弁してくれよ、と思ったことは星の数ほどだ。

この頃はまだ彼女と付き合ってちょうど一年くらい、同棲をし始めた頃だ。

「……わかってるねえ、君は」

「お前の悩みなんか、美紀ちゃんか、タバコをなくしたとかくらいだ。で、なんなんだよ、話ってさ」

「ああ……ん……まあ、あれだな」

「おい、自分から話振っておいてはぐらかす気かよ」

するとと正樹は灰皿にタバコの灰を捨て、そのまま目線を落として黙り込んだ。まるで、いつかの正樹のようだ。ハッとして正樹を見直す。

そうだ、ここは過去なのだ。

そして今、まさにそのいつかが再現されようとしている。

正樹がポツリと呟いた。

「前の男と会ってるっぽい」

それみろ。やっぱりそうだ。すっかり忘れていたが、これはタイムスリップする前に過去でも聞いた話だった。

もちろん僕はすでにこの先を知っている。浮気かはさておき、正樹の彼女は昔の男と会っていた。これが原因で正樹たちは大喧嘩《げんか》の末、一度別れてしまったのだった。

その後のこいつといったら酷《ひど》かった。仕事もろくにせず毎日飲み歩いては、下半身の赴くままに女を抱いてまわる日々。その度に後悔に苛《さい な》まれて、目に見えてボロボロになっていった。再び美紀ちゃんを取り戻すまでの間の正樹は、とても見ていられるものではなかった。

「なんか怪しいんだよなあ、最近やたら携帯鳴るしさ。しかもトイレ行って返事打つの。怪しすぎるだろ？」

「へ？」

素《す》っ頓狂《とんきょう》な声が出てしまった。あまりにも事実通りの展開にもかかわらず、それでもそれに続ける言葉を見つけられなかった。

「問い詰めてみるべきかなあ」

正樹は結局ほとんど吸わなかったタバコをもみ消し、長いため息と共にふうっと吐き出すようにして言った。

「あいつ浮気してるよなあ、絶対そうに決まってんだ」

出口が見えない言葉をだらだらと編むように正樹は続ける。

「前はそんなことするような女じゃなかったんだぜ？　なんていうか俺なんかにどこまでも一途でさ、可愛かったんだぜ？」

はぁーっと思わずため息が出た。確かに今こいつは猛烈に悩み、苦しんでいるのだと思う。それはわかる。

ただ、こいつは未来でちゃんとその美紀ちゃんと結婚するのだ。

僕とアカネとは違い、この二人には約束された未来がある。

正直今こいつの悩みなんか聞いている場合ではないのだ。僕にはアカネというひとりの人間の生死がかかっている。

僕は、こいつに何もかも全部バラしてさっさとこの話題を切り上げようと思いたった。

「僕さ……実は、タイムスリップしてきたんだよ」

言葉にしてみて、嘘《うそ》つけ!と自分でも突っ込みたくなった。

「なんだよ、急に。こっちが真面目に悩んでるってのによ。人の話聞けって」

「別に信じなくていいよ。でもお前の未来、知ってるんだ」

言えば言うほど嘘っぽく聞こえる。

「は? じゃあ言ってみろよ?」

「お前は別れて、遊びまくって、またよりを戻す」

「なんだそれ? あいつやっぱり会ってるのか?」

「うん、会ってる」

僕は確信して深く頷いた。

「なんで知ってんだよ?」

「お前から聞いたんだよ」

「俺はまだなんも言ってねえよ」

タイムスリップしてきたことを信じさせる強烈な証拠が何かないだろうか。

僕は過去の引き出しを片っ端から開いていった。

そして、これならばというとっておきの事実をついに探し当てたのだ。

「そういえばお前の母ちゃんさ、夏くらいに孕《はら》むぞ」

そう言うと、正樹はギョッとした顔をして体を硬直させた。

「お…前……、正気か？　んな胸糞悪《むなくそわる》いことよく言えたもんだなあ。うちの母親四十過ぎてんだぞ？」

「まあ、今に見てろって」

さっきまでのシリアスな表情とは一変、今度は苦み走った顔で僕を見つめた。

「まあ美紀ちゃんに関しては、相手がどうのって前にお前が変わる努力したのか？」

「どういう意味だよ？」

今度はばつが悪そうに顔をしかめた。

昔の正樹は、美紀ちゃんを置いてよく遊びに行くことがあった。こいつは顔だけはいいので、外に出れば女が寄ってくる。ここだけの話だが、僕はこいつの浮気未遂現場を何度も目撃していたのだ。

本命が美紀ちゃんだとわかっていたからこそ、あえて何も言わなかったが、自分が変わらずに相手にだけ誠実さを求めるだなんて虫がよすぎる。

「もし美紀ちゃんの話が事実でもさ、お前にもなんか原因があるってこと」

「原因？」

「なんの不満もないのに、美紀ちゃんがそんな真似《まね》するような子だと思うのか？　もしそう思うならとっとと別れろ。そんな女と一緒にいたって時間の無駄だろ」

あえて責めるようになじると黙ってしまった正樹に、

「信じてやれよ」

そう言葉をかけた。

僕の言葉に一瞬肩を上げたが、正樹がそれから口を開くことはなかった。

どう伝わったのかはわからない。味方をしてやらなくて、何くそと思っているかもしれない。ただ、どうせよりを戻すことがわかっていても、こいつがまたボロボロになるところはもう見たくなかった。

正樹に対して罪悪感があった結果の言葉だったのだと思う。

『さっさと問い詰めろ』

かつてそんなアドバイスしかできなかった僕。その言葉通りに問い詰めた先に、二人の別れがあったのだった。

あの時もう少し気の利く言葉をかけてやっていれば、あんなに苦しむ正樹の姿も見ずに済んだかも知れないのだ。

そしてそれは、過去にいる、今の自分にあてた言葉でもあった。

いだ。

忘れられない人

体は十八歳でも頭脳は二十五歳のまま。なんかの都合のいいアニメでも観《み》てるみたいだ。

七年前の僕は、高校も早々に退学して、正樹の親父《おやじ》が経営する会社でアルバイトを始めた。この会社では主に民家の建築から内装までを請け負っていて、要望に応じて家具まで作る。

こういう仕事は早くから慣れていた方が力がつく。頭脳がまるきり必要でないわけではないが、感覚というものは現場でしか培えないものが多い。

早くから仕事についていた未来の僕にはそれなりに貯金もあったが、過去に戻ってしまった今の僕の貯金残高は恐ろしいくらいに絶望的だった。

金がなくては生きていけないのは、タイムスリップをしても変わらない世の理という ものだ。

その日、朝早く起きて正樹の車で事務所まで行き、そこからトラックに乗り換えて現場まで向かう。じいちゃんのことがあったおかげで、この数日は仕事を休んでいたが、こっちの事情がどうあれ、勝手に仕事を休むわけにもいかなかった。

仕事内容はなんてことはない。未来の僕はこの仕事を本業としているのだから、業務の粗方《あらかた》はわかっている。違うのは日々移り変わる現場と、有り余った体力と精力を持つ十八歳という若さくらいなものだった。

長引いた仕事の終わりに、正樹に頼んでアカネの家まで送ってもらった。

仕事は避けられないが、それ以外の時間はできる限りアカネと一緒に過ごしたい。そうでなければここに戻ってきた意味がない。

しかし、家にアカネはいなかった。

学校はとっくに終わっているはずだけど、と思った時、ふと思い出した。

アカネはここから歩いて5分ほどの喫茶店で三年ほどアルバイトをしていたのだ。

僕の足は自然にそこに向かっていた。

アルバイト先の喫茶店前の駐車場から窓ガラス越しにアカネを探す。

ちょうどアカネが客にコーヒーを注いでいるのを見つけ手を振ってみるが、そもそもこっちを見ていないのだから気づくはずもない。

もうすぐ上がりの時間なのか、彼女は頻繁《ひんぱん》に時計をチェックしていた。

この季節特有のさっぱりと乾燥した空気を一気に吸い込むと、鼻の奥がツンと冷える。立ち止まっていると凍えそうな寒さに思わず肩をすくめた。

ジャケットのポケットに手を押し込んで待っていると、そのうち高校の制服に着替えたアカネが僕に気づいて駆け寄ってきた。

「来てたの？」

アカネは驚いた様子で目を真ん丸くしている。すぐそばにはパートの大久保《おおくぼ》さんが並んでいた。僕はぺこりと頭をさげる。四十過ぎの恰幅《かっぷく》のいい女性だった。

年齢も体格も何もかも違って見えるのに、二人は結構馬が合うらしく、たまに二人でランチなんかに行くこともあると聞いたことがある。

「うん、家に行ったらいなかったから」

「いいわねえ、彼がお迎えなんて」

ニコニコしながら大久保さんは、僕らに手を振って帰って行く。

「連絡くれればよかったのに」

大久保さんから僕に目を移してアカネが言った。

「サプライズってやつ？」

「ふうん……めずらし。雪でも降るのかな」

彼女はそう言ってはぐらかしていたけれど、顔は嬉しそうに綻《ほころ》んでいた。

そういえば、彼女と付き合っていた頃の僕は、彼女に対しサプライズみたいなことをしたことがなかったような気がする。こんなことで喜んでくれるなら、もっとたくさん会いにくればよかったと今更ながら後悔した。


ベッドの上に腰を下ろすと、こたつの上に置かれた灰皿に僕のとは違うタバコの吸い殻が捨てられていることに気づく。

「誰か来たの？」

灰皿を指さす僕を見て、アカネは言った。

「ああ、そう母親」

アカネが親の話をすることは滅多にない。若くしてシングルマザーになった彼女の母親は、母業を放棄して今は自分の人生を満喫しているらしい。

とりあえず両親が揃《そろ》っている、という点では家族に恵まれている僕から詳しく訊くのはなんだか気が引けて、たまに会話の間々にぽつりと現れる彼女のプライベートな部分のカケラを勝手にかき集め、繋ぎ合わせて僕なりにそう解釈していた。

だから、アカネが母親について引っ越すことになった時、僕はもちろんギリギリまで何も知らなかった。

「ねぇ、もし親の都合でどっか遠くに引っ越すことになったらアカネはついてく？」

この頃のアカネはまだそんな未来が来ることを知らないはずだろうと思い、僕は何気なく尋ねた。

「行くわけないじゃない。もうこっちで受ける大学決めてるんだよ？」

考えてみれば、今の彼女はちょうど大学受験真《ま》っ只中《ただなか》なのだ。

証拠にこたつの上にはミカンの他に問題集や参考書が山積みになっている。

「行かないの？」

「さすがの私もそこまでのわがまま聞けないよ」

意外な答えだった。だって彼女は大学に無事合格したにもかかわらず、中退してまで引っ越すことを選んだのだ。そう言うなら、なぜ彼女は引っ越したのだろう。やっぱり僕と別れるきっかけが欲しかったのだろうか。

「でも、もし私が引っ越すことになったら、大ちゃんはどうする？」

その無邪気な質問に僕は激しく戸惑った。絶対に間違えられない質問だったから。

僕は今の心が思うまま、正直に答えた。

「……アカネがどこにいたって、そんなの関係ないよ。だって僕らは運命なんだろ？」

訊いてきたのは自分のくせに、アカネはその答えを聞くなり顔を真っ赤に染めた。

「そうだけど……」恥ずかしそうに俯きながらアカネが呟く。

愛《いと》しい。

今、心底そう思った。

思わず僕はソファーに座っていた彼女の腕を摑《つか》んで引き寄せる。

引き寄せた拍子に二人してベッドに倒れこんだ。

「大ちゃん……？」腕の中のアカネが戸惑った様子で僕の名を呼ぶ。

僕は黙ったまま抱きしめていた力を強め、身体中でアカネを感じた。

顔に当たるアカネの髪のむず痒《がゆ》さまでが愛おしい。

「なんかここんとこ、大ちゃん変だね」

そう言いながらも、そっと抱きしめ返してくれるアカネが苦しくなるくらい愛おしかった。

「……好きだよ。アカネ」

僕のその言葉に、アカネが息を飲むのがわかった。

「アカネは、好き？」

体をわずかに引き離し、アカネの顔を間近で見つめる。心臓が痛いくらいに胸を叩《たた》く。

「そんなの決まってるじゃない」

「ちゃんと言って」

僕は両手で彼女の頬《ほお》を包み込む。

「……大好きだよ、大ちゃ……」

言い終わるより先に、僕は唇で彼女の言葉を遮った。

*

突き刺すような冬の寒さが過ぎ、その余韻が少しだけ残った三月の頭、アカネはついに高校を卒業した。

二月、三月は彼女が受験勉強に追われていたせいで、思うように会えなかったけれど、相変わらず僕は過去の中を生きていた。二度目の十八歳の生活にもすっかり馴染《なじ》み、このままずっとこの世界で生きて行く覚悟もついたところだ。
アカネの卒業式が終わるのを、僕は校門の前で待ち構えていた。
僕は入学して間もなくやめてしまったけれど、一時期僕たちは同じ高校に通ってい
た。
空はどこまでも青く、目の前に何百人の人間が通う学校があるとは思えないほど静
かだった。
懐かしさに思わず目を細める。僕にもこの校門をくぐっていた時代があった。わず
が数ヶ月だったけれど、そのおかげで僕はアカネと出会ったのだ。
やがて、卒業生たちが徐々に校舎から吐き出されてきた。
皆胸に同じ色のコサージュをつけて、途端にあたりは騒々しくなる。
校舎からアカネが出て来たのがすぐにわかった。多分それはアカネも一緒だったの
だろう。手を振りながら駆け寄って来たアカネは、清々《すがすが》しい表情で「無事、卒業しま
した」と言った。
僕たちはその足で、ある場所へ向かった。

学校から駅に向かう途中の交差点の脇道を左に入る。帰りがけにわざわざ脇道に逸れる人は少ないらしく、ここは意外と知られていない穴場だった。無数に立ち並ぶ桜の枝には、ほのかに赤く色づいたつぼみがついていた。まだまだ咲きそうにないけど、それだけで十分春を匂わせてくれる。

初めて二人が出逢《であ》い、言葉を交わした場所だ。

二人が出逢ったのは、僕とアカネが十五歳の春だった。


高校に入学したのは、親の強い勧めだった。けれど当時の僕にはすでにやりたいことがあったのだ。

中学の夏休みに、正樹の親父が働く現場に初めて見学に行った時、僕は感銘を受けた。身長の何倍もある巨大な木を削り、組み立て、一から一軒の家を建てていく。男たちのゴツゴツとした日に焼けた背中、香り立つ木の匂い、工具を自在に操り、とても自分と同じ人間とは思えないその手さばきと神業の数々に僕は強烈に憧れた。

『何かを作る、モノを生み出す、という行為は私にとって人生そのものなのです』

ちょうどあのじいちゃんのインタビュー記事を読んだばかりの頃だった。僕はこの道で「ものづくり」を極めることをすぐに決意した。

そんな僕にとって高校生活はただただ無意味な時間の繰り返しに思えた。太陽とともに始まる、現場の朝は早い。バイトをするにしても学校が終わってからではもちろん間に合わない。次の夏休みまで仕事ができないと思うと、入学早々にしてどうしようもなくイラついた。


そんな時、下校中にふらりと脇道に入ってこの場所を見つけたのだった。

巨大な桜の木が立ち並ぶ桜並木。これだけ豪快に咲き乱れているというのに人はほとんど通らなかった。

その日から僕は度々その木の陰で時間を潰すようになった。朝遅刻した時や、無性に授業をサボりたくなった時には決まってここを訪れた。

初めてアカネがここに辿《たど》りついた日、僕は木の陰に隠れてタバコを吸っていた。もちろんバレればすぐ退学か、よくて停学処分だろう。

むしろそうなりたいくらいだった。そうなれば、何の気兼ねもなく仕事に出れるのだ。

とはいえ、いきなり同じ学校の制服を着た生徒にその現場を見られれば、多少はビビる。

「げっ。お前、同じ高校じゃん」

これがアカネに対する第一声だった。

肩下までの髪をきっちりと二つに結び、前髪は右側にピンでまとめられていた。丸みを帯びたおでこから鼻にかけてのラインが綺麗だと思った。あんな曲線をこの手で造れたら……手に工具の感触が蘇る。

髪型も制服も、まるでお手本のようにきちりと着こなした彼女にばつが悪くなって、思わず睨《にら》みつけた。

何も言わず立ち尽くす彼女に、僕は舌打ちをした。

「ちょっとこっち来いよ」

タバコを持った手でひょいと手招きすると、彼女は逃げもせずこっちに近づいてくる。僕を見下ろしてくる彼女に、とりあえず、吸っていたタバコをもみ消した。

「お前さ、学校に言うつもり？」

よっこらせと立ち上がり、今度は彼女を見下した。思ったより小さかったのが印象的だった。

「別に言わないわよ」彼女は肩をすくめて言った。

拍子抜けだった。見た目からして生徒会長でもやりそうな雰囲気なのに、案外正義感はないようだ。

「……なあんだ。つまんないの」

「何よ、まるで言ってもらいたそうな口ぶりね？」

「まさにその通りだよ。言ってもらえたらありがたいんだけどな。実は今さ、辞めるきっかけを探してたところなんだ」

と僕は言った。嘘ではない。

「え？　だって入学してまだ一ヶ月も経ってないじゃない」さすがに驚いたように彼女は目を開いた。

「あっそ。じゃあ、言わないってんなら言うなよ。こっちも面倒くさいのはごめんだ」

「あのねえ、言ってることがちぐはぐだとは思わない？」

彼女はツンと鼻をあげて言う。ストレートなアカネの物言いに唆《そそのか》されて、僕はその時の心のうちを素直に語ってしまった。

「そうか？　まあなんていうか……もう少しこの桜を見ててもいいかなって思ってたんだよ」

僕がそう言って顔を上げると、彼女もつられて顔をあげた。

わあ、と彼女が声を漏らし、それを僕は少しだけ誇らしげに思った。

その視線の先では、空に向かって一斉に咲き乱れる桜の花びらたちが陽の光と重なって煌《きら》めいていた。枝が揺れるたびに光が反射し、頭上に広がる空が、桜の色と溶け合い、幻想的な色彩を生み出す。何度見ても思わず足がすくむほどそれは美しかった。


その日から、僕はちょくちょくアカネのクラスに顔を出しては彼女をからかったりして遊んだ。なんだかんだ言って彼女の方も悪くは思っていないようだったし、今思えばあの頃から僕は彼女に惚《ほ》れていたのだと思う。

僕がその後数ヶ月、高校に残った理由は間違いなくアカネの存在が大きかった。彼女がいなければ、本当に一ヶ月で辞めていたかもしれない。

けれど夏休みに入り、待ちに待った仕事をようやく手伝い始めて、毎日毎日無我夢中で取り組んだ結果、僕はとうとう高校には戻らなかった。連絡先すら交換していなかった僕らは、それきり音信不通になったのだ。


ずっと心の片隅にアカネの存在が残っていた。

それは薄れるどころか日々成長していき、ついに恋愛体質の誰かさんのように彼女のことばかりにとらわれるようになった。

出会ってちょうど一年後の春、僕はあの桜並木で彼女を待ち伏せた。

まるで待ち合わせたかのように彼女はそこにいた。

少しだけ大人に成長したアカネだった。

嬉しさと恥ずかしさでちょっと照れながら、久しぶりに会う彼女を見つめる。

その後ろでは出逢ったあの日と同じように満開の桜が、風に揺られ、惜しげもなく花びらを舞い散らせていた。

「久しぶり」

と僕は言った。

「忘れられなかった」

僕がそう言うと、彼女は「ずっと、待ってた」と肩をすくめて笑った。

ピンクのカケラ

「本腰入れて働いてみるか？」

すでに十年近くの大工経験がありながら、十八歳を演じている今の僕に親方は声をかけてきた。見込みがある、と思われたらしい。

親方の誘いは嬉しかったが、さすがに週五、六日（しかも残業付き）で働くとなると、アカネとの時間が削られてしまうので丁重に断った。

「結婚する前に同棲なんかするもんじゃないんだよ」

今日もまだ夜の明けきらない早朝から、事務所に向かう車の中で正樹は語った。

結局、あのあと正樹は美紀ちゃんと別れたのだ。ただ、一度目のように泥沼の別れではなくて、お互いに話し合った末だと正樹は言った。今回は仕事にもちゃんと来ているし、他の女に走る様子はない。

そこだけをとれば、僕が過去をやり直した意味が少しはあったのかもしれない、と思える。

「だから言ったろ？」

まだ薄暗い時間帯、ガラガラの道路で時折すれ違う車のヘッドランプがまるで流れ星のように光の残像を残して過ぎていく。

「たまたま当たっただけだろ？　俺はより戻すつもりなんかねえよ」

「初めは惚気《のろけ》まくっていたくせに」

「まあ、初めはよかったよ。恋愛なんてみんなそんなもんだろ？　だけどさあ、倦怠《けんたい》期《き》ってやつは避けられねえんだよなぁ」

正樹は前を見据えたまま言った。

「同棲なんかしていると余計、毎日顔を合わせるはめになるだろ？　そうすると必然的に慣れ、ってもんが生まれて、昔とは同じようにはいかなくなる。それで喧嘩するとあいつすぐ『別れよう』とかって言ってきてさ。余計火に油を注ぐみたいに炎上するわけ」

正樹は呼吸も入れず、一気に言葉を吐き出した。

「じゃあ、いっそのこと結婚しちゃえばよかったんじゃないのか？　どうせより戻すんだし」

「バカ言え、戻らねえよ。それにいくら倦怠期だっつっても、その時にわざわざ籍入れに行くバカがいるか？　顔合わせりゃ喧嘩ばっかりしてるんだぞ？　こっちは先を見据えて、今は我慢だって腹くくってるのに、女ってなんですぐ『別れよう』とか平気で言ってくんだろうな？」

　正樹が同意を求めるようにちらりと助手席に座る僕を見る。確かに僕にも思い当たる節があった。でも、それはアカネのことじゃない。未来で僕が一時期付き合っていたある女の子のことだった。

「アカネはそういうこと軽々しく言わないけど、前の女がそうだった」

　すると正樹は物珍しそうな声で、

「へえ、言わねえ女なんているのかよ」

「まあな、でもあれって女特有の愛情表現だろ？」

　そう言うと正樹は口をぽかんと開けた。タオルを巻いた頭の上に三つくらいクエスチョンマークが浮かんでいる。

「『別れよう』がなんで愛情表現になるんだよ？」

　元々幅のせまい眉と目をさらに近づけ、しかめっ面で正樹が言う。

「引き止めてほしいのさ、ただそれだけ」

僕はさらりと言って退けた。

「はあ？　なんだそれ。じゃあどうすりゃいいんだ？　相手の気が済むまで引き止めろってか？」

正樹は口をへの字に曲げて訊いてくる。

「まあ、そういうことだな。女心は色々と複雑なんだ」

偉そうに言ったものの、実は昔の彼女から聞いた説明をそのまま繰り返しているだけにすぎない。

『――女の「別れたい」をそのまま鵜呑《うの》みにする男って、女心を何もわかっちゃいないんだわ。女っていうのはね、別れる気はなくても相手に別れを告げてみて、引き止められるか、引き止められないかで相手の愛情を判断する繊細な生き物なのよ』

考えてみると、アカネはそれをしなかった。それというのは、別れると言って僕の愛情を試したり、という類のことだ。

彼女が僕にそれを言ったのは、本当に別れたあの日だけだった。

アカネにとって、僕の愛情なんかどうでもよかったということなのだろうか。

だけど、僕はそうじゃないと思った。

そんなことで判断しなくたってわかる。

どんなに喧嘩を繰り返したって、僕らはお互いがお互いを必要とし、心の底から愛し合っているのはわかりきった事実だった。試すのは、互いに想い合う愛情に大きな差があると感じる時だけなのだと思う。

だからこそ、最後のあの日、僕はアカネを引き止められなかった。

やるせない思いが僕の胸に去来する。

もしも、僕を試してくれていたなら。

しつこく別れると言って、僕の愛情を試してくれていたなら。

僕は彼女を引き止められていたのかもしれないのに——。

無性にアカネに逢いたくなった。

今すぐに彼女が求めてるだけの愛情を惜しげもなく差し出してやりたい。

運命が変わらなければ、今月の二十日、彼女は最後の誕生日を迎える。

*

映画好きの彼女は、多くの映画を僕に勧めてきた。

それは大抵ラブロマンス、もしくはヒューマンドラマという僕が最も苦手とするジャンルのもので、それを観る、観ないで付き合いたての頃何度も喧嘩をしたことがある。

素直に観ればよかった、今では思う。たかだか2、3時間他人の恋愛ごっこを観させられるだけの話だ。

どうして過去の自分はああも頑《かたく》なに観てやらなかったのだろう。

中でも彼女が推していた映画があった。夢中になってDVDまで買っていたくらいだ。そんな映画すらも過去の僕は決して観ようとはしなかった。さすがにひどい男だったと思う。彼女が好きなものを共感できずとも、共有するくらいの器があってもよかったはずだ。いつの間にか彼女も僕に映画を勧めなくなっていった。

『家にいて』

夕方、彼女にメールを送り、そこからが大変だった。

なんせ女心のわからない僕だ。こんな風に彼女の誕生日にサプライズなんか計画したのは人生でこれが初めてだった。過去の僕だってさすがに彼女の誕生日を忘れることはなかったけれど、大したプレゼントを贈ってやったこともない。

アルバイトでもらった給料を握りしめてジュエリーショップに行き、ネックレスを買った。桜のモチーフに小さなダイヤが埋めつけられたデザインだった。春限定のデザインだという。彼女にぴったりだと思った。

そこまではよかったのだが、サプライズに重要な花束が思い通りに集まらなかったのだ。何軒か花屋をはしごしてどうにかなった時にはすでに午後11時を回っていた。急いで彼女の家まで車を走らせる。助手席に置いた花束の包装紙が、開け放たれた窓からの風でパタパタと靡《なび》いた。

彼女の住むマンションの部屋は二階にある。オートロックはないが小綺麗《こぎれい》なマンションだった。

ようやく到着すると僕は花束とは別に買った数本の花を持って外に出る。彼女の部屋まで続く階段の一段一段に手に持った花の花びらをちぎって置いていく。登山者が道に迷わないよう石ころを定期的に置いていくのに似ているな、と思ってみる。吹き抜けじゃなくて助かった。花びらはおとなしくそこに留まってくれた。

途中マンションに住む住人とすれ違い、一瞬怪しまれたが、すぐ何か悟ったらしく微笑みと共に頷かれ、僕は恥ずかしさを堪えて作業を続けた。そして最後、彼女の部屋の前には一輪の花を置く。

それは、彼女が好きだったあの映画の受け売りだった。もちろん僕にはこんな発想はない。

彼女に隠れてこっそりDVDを借りて観た時、僕は衝撃を受けた。

彼女はこんなことをできる男との恋愛に憧れていたのだ。そこらへんにいる女より、かなりさっぱりした性格だと勝手に思い込んでいたけれど、彼女は正真正銘女の子だったのだ。

そりゃあ振られても仕方ない、と思った。もっと早くこの映画を観ていれば、少しは未来が変わっていたのだろうか。いや、過去の僕はきっと鼻で笑うだけで何もせず終わってしまっただろう。

それは彼女を一度失った今の僕だからこそできる、サプライズだった。

時計の針が0時を指そうとしていた。

携帯の画面を食い入るように見つめ、ちょうど0時になった瞬間に、僕は彼女の部屋のチャイムを押し、急いで車へ駆け戻った。助手席から花束を取り出し、抱えて車の前で待つ。

心臓が口から飛び出しそうなくらいドキドキしていた。

サプライズする方がこんなに緊張してどうするんだ、と自分に喝《かっ》を入れる。

彼女は気づいてくれただろうか。少し心配になりながら階段の方を覗き込んでいると、しばらくして彼女が降りてきたのが見えた。

手には玄関前に置いた一輪のピンク色のバラの花を持っている。

彼女の顔は、もうすでに涙でぐちゃぐちゃに濡《ぬ》れていた。

啜《すす》り泣《な》きながら駆け寄ってきた彼女を思い切り抱きしめる。

「誕生日、おめでとう」

そう言いながら、なぜか僕まで泣きそうになった。

泣くほど喜んでくれる彼女を見て、胸がいっぱいになったのは僕の方だった。

「大ちゃ…ん…あり…ありがとう……」

僕の背中にしがみついて泣く彼女をどうにか落ち着かせ、「助手席開けてみて」と促した。

彼女は一度僕の顔を見上げ、また泣きそうな顔をする。

彼女は恐る恐る助手席を開け、そこに置かれた長細い箱を目にするやいなや、また声をあげて泣き出した。

アカネはとても開けられる状態ではなさそうなので、僕は代わってそれを開け、中に入っていたネックレスを彼女の首にかけてやった。

「アカネにはどうしても桜のイメージしか浮かばなくてさ。出逢ったのも、付き合ったのも桜の下だったから。だから本当はバラじゃなくて桜がよかったんだけど、今日はこれで勘弁な」

彼女は思い切り首を横に振った。

「ほら。メイク落ちてんぞ」

そう言って、着ていた黒のパーカーの袖で彼女の涙を拭いてからギュッと抱きしめる。

「泣くなよ」

頭をポンポンと叩き、彼女が泣き止むのを待った。ようやくしてから彼女はむくりと僕の顔を見上げた。

「……映画、観たの？」

「ああ、アカネがあんなに推してたから」

「……お花、自分で買ったの？」

「そりゃそうだよ。なかなか揃わなくて何軒も梯子《はしご》したんだからな」

「……それで一人で並べたの？」

「そうさ。おかげですれ違った人からは不審者扱い」

そこで今日初めて、アカネが笑った。

「……ありがと。すごく嬉しかった」

十八歳になったアカネは、今まで見た彼女の中で一番可愛くて、それでいてひどい顔をしていた。

＊

アカネの誕生日の後、変わったことがある。

それは彼女が僕に「会いたい」というメールを送ってくるようになったことだった。

過去を含めて、時間があれば僕から会いに行ったし、それに対して彼女は一度も嫌がらなかったから、いつの間にか僕が会える時に行く、という流れが定着していた。

だからそのメールをもらうまで、僕は彼女から「会いたい」と言われたことがなかったことにも気がついていなかった。

彼女にそう言われれば、僕は必ず彼女のもとに駆けつけた。もちろんそうでない時も。

「ごめんね、仕事だったよね？」

仕事終わりに急いで家に行くと、アカネは心配そうに僕に言った。

「全然大丈夫だよ、むしろすぐ来れなくてごめんな？」

彼女は首を横に振った。

「あ、コーヒーある？　ちょっと眠気覚まし」

急いでキッチンでコーヒーを注いで戻ってきてくれたアカネに、サンキュと言ってそれを受け取りソファーに腰を下ろした。いつの間にかこたつは片づけられ、猫足の白い丸テーブルに変わっていた。

まだ心配そうにして隣に座る彼女に、

「気にすんなよ。本当はさ、すごい嬉しいんだ。アカネが最近会いたいって言ってくれるの」

「……本当？」

「うん、本当。でも考えてみるとさ、アカネって今までそういう事全然言ってくれなかったよね？」

何気ない問いかけのつもりだった。しかし、その問いかけに彼女の表情がみるみる硬直していくのがわかった。

「アカネ？　……どうした？」

変なことを言ってしまっただろうか。不安になってアカネの顔を覗き込む。

「……多分、母親のせい」アカネは呟くように言った。

「母親？　なんで？」

「……会えないできたから。私がそんな事言ったって、あの人は来ないから。いつの間にか期待しなくなったんだと思う」

「そんな、さすがに会いたいって言えば会いにくるだろ？　だってそんな離れたところに住んでるわけじゃないんだろ？」

「普通はそうだけど、あの人は来ないの。来ないのが当たり前だから」

母親に対して思っていることをアカネが話してくれたのはこれが初めてだった。

どうやら僕が思ってたよりも遙かにアカネと母親の関係は破綻していて、複雑らしい。

ならどうして母親について一緒に引っ越しなんか、とまた同じ疑問が脳裏に浮かんだが、言わなかった。

「アカネは……お母さんのこと恨んでるの？」

思わず訊いてしまったが、もしかしたらその質問はタブーだったかもしれない。

彼女が押し黙る。僕もそれをフォローする言葉が出てこなかった。

「恨んでる、か。そうね。多分そうなんだと思う」彼女はそう言って苦笑した。

「……でもそれと同じだけ諦めてる。彼女は母親である前に女なのよ。私がいくら彼女に母親を求めたって無駄なの。もうそれは十二分に実感しているし、だからってどうってことでもないのよね。ただ……」そう言って彼女は言葉をつまらせる。

「ただ……？」

僕がそう繰り返したその時、グリが「ピッピッ」と鳴いた。

鳥籠の中でバサバサと羽をばたつかせ、アピールする。

ふと、我に返ったように、アカネは首をブンブンと横に振った。

「ううん、なんでもない。気にしないで。あ、コーヒー冷めちゃったんじゃない？淹れ直すね」

何かを振り払うように立ち上がり、僕のカップを持って行こうとする彼女の手を摑んで引き止めた。驚いたようにアカネが振り返る。

「ねえ、じゃあ何で会いたいって言ってくれたの？」

アカネが再び黙りこくる。摑んだ彼女の手から徐々に力が抜け落ちていった。

「信じてくれたってこと？」僕は続けて訊いた。

彼女はしばらく黙っていたけれど、一度ソファーに座り直し、自分で自分に問いかけるかのようにゆっくりと間をとって口を開いた。

「大ちゃんは、多分、あの人とは、違うって、思う」

やっぱり、そんなアカネを抱きしめてやることしか僕にはできなかった。

「当たり前だろ……どこにいたってアカネに呼ばれればすぐに駆けつけるよ。だからさ、会いに来たら、そんな不安そうな顔しないで。もっと素直に喜んでくれていいんだよ」

抱きすくめたアカネの肩がかすかに震えていた。

「絶対、駆けつけるから。だからいつもアカネは、安心して待ってて」

アカネが胸の中で何度も頷く。

きっと、もうこれで大丈夫だ。

過去には細く解けそうだった二人の絆《きずな》が、その時確かに固結びみたいにきつく結ばれたのを感じていた。

――大空を知ってしまった君は二度と戻らない。

「グリちゃんが逃げた」

激しく取り乱したアカネから電話があったのは、彼女の誕生日から一ヶ月が経とうとしていた時のことだった。部屋での散歩中、閉め忘れた窓からグリは逃げてしまったのだった。

僕はそれを未来で知っていた。

にもかかわらず、すっかり忘れていて何もできなかった自分に腹が立った。

急いでアカネの家に行き、取り乱す彼女を宥《なだ》めながら、見える範囲で家中を見回してみた。けれど、グリの姿はどこにもなかった。

主人を失った鳥籠が、ガランと頼りなさげに出窓に置かれている。

アカネにとって例の母親に代わり、グリは唯一ともいえる家族だった。グリにはなんでも話していたという彼女のことだ。僕に関する愚痴だって散々聞いてもらっていたに違いない。

どう慰めていいかわからなかった。彼女の心にぽっかりと空いた穴を塞《ふさ》ぎたい一心で力いっぱい彼女を抱きしめた。誕生日にあげたネックレスが、鎖骨《さこつ》にあたって少し冷たかった。

「……私って結局、孤独な運命なのかな」

自虐的なアカネの言葉に、心臓が鈍く痛む。

彼女に悪気はなかった。けれど、今の彼女にとって、目の前にいる僕という存在は世界のほんの一部にすぎないと痛感させられたのだった。

「グリちゃんも、きっと私に愛想が尽きたのね」

そう言って悲しげに笑ってみせるアカネを見ているとたまらなくなった。

「そんなことないよ、ちょっと空が珍しかっただけさ。きっと戻ってくるよ」

思わず根拠もない気休めを口にしてみて、また後悔する。

「外の世界を知ってしまった籠の鳥は、二度と帰らないわ。今までどんなに窮屈な生活をさせられていたのか知って、きっと私のことだって恨んでいるに決まってる」

彼女があまりにも悲痛に、けれどきっぱりとそう言う。

「そんなことあるわけないだろう。グリに空は似合わない。奴《やつ》だってそのうち身に沁《し》みて帰ってくるさ」

アカネは少しも期待していない声で、

「そうね」

と呟いた。

アカネをようやく外に連れ出せたのは、グリがいなくなって一週間後のことだった。

その日は、僕らが付き合ってちょうど二年の記念日だった。

気分転換と言って、半ば強引にこの場所へ連れてきたのだ。

目の前一面に広がるピンク色の花。木々たちは、春の季節を目いっぱい満喫し、堂々と誇らしげに咲き乱れていた。

ここは僕らの関係を語るうえで欠かせない場所。出逢った時も、付き合った時も、恋人になって一年目にもここにいた。

アカネはじっと黙って桜を見つめていた。その必死な眼差し《まなざ》は、まるで木の枝のどこかに、葉っぱに化けたグリの姿を探しているようにも思えた。そんな彼女を見ていると、本当にグリがひょっこり葉陰から現れてきそうだった。

　毎日ここに通っていたら、もしかしたら偶然グリに会えるような気もしたが、僕に懐かないグリを見つけたところでできることはない。

「桜、今年も綺麗だね」

　ぽつりと呟いたアカネの言葉が、僕には意外で少し驚いた。僕はてっきりグリのことを探していると思っていたので、アカネがちゃんと桜を見ていたことにびっくりした。やっぱり、ここに連れてきてよかった。

　本当に綺麗な桜だった。

　出逢ったあの日となんにも変わらない。

　変わりゆく日々の中にも、こうしていつまでも変わることなく人に安らぎを与えてくれる場所が誰にでも残されているものなのだ。

「この桜は僕らにとってスタートだろ？」

　そう僕が言うと、彼女はほんの少し潤んだ瞳を僕に向けた。

「今は辛《つら》いだろうけどさ、変わらないものだってちゃんとある。全てが手のひらから零れていくわけじゃないんだ。少なくともこの場所はこうして今でも残ってるじゃないか」

　彼女の目から零れた一粒の涙をそっと指で拭《ぬぐ》ってやる。

変わらないものの中に僕が含まれていることを、彼女はちゃんと気づいているだろうか。彼女を守りたいと、僕はさらに強く思った。

実際、彼女がここの桜を見ることができたのはこれが最後だった。

絶対最後になんかさせてたまるか。

来年も再来年も絶対にアカネと二人でここにくる。

その時はきっと、僕もアカネも今より幸せなはずだ。


桜並木を引き返す途中のコンビニの前で、僕らのほうに駆け寄ってきた一人の女の子に見覚えがあった。白のパーカーにミニのデニムスカート。

「あっ」

同じように隣で驚いた顔をするアカネを見て確信に変わった。それは、アカネの親友、そして未来の僕の恋人になる加奈だった。

一瞬、心臓が止まるかと思った。もしこの瞬間をカメラで撮影していたとしたら、僕はものすごい形相をしていただろう。

この数ヶ月、加奈を置いてきたことをすっかり忘れていた。そして加奈がアカネの親友だったということも。けれど、そこに罪悪感はほとんどなかった。

来るな、来るなと懇願しても、彼女は当然のように近づいてくる。

「大丈夫？」

僕らの前で彼女が最初に発した言葉がそれだった。僕の焦りは憂慮に終わる。

アカネは彼女にグリがいなくなったことを伝えていたらしい。

ほっと胸を撫《な》で下《お》ろした。よく考えれば当然のことだった。この時の加奈とは、付き合うどころか、話をしたことすらなかった。

「帰ってきてないの？」

「うん。もう帰ってきたくないみたい」

アカネの言葉を、加奈は真正面から受け止める。

「まさか。あんなに懐いてたじゃない」

「自由の身になった今、きっと私のことなんかどうでもいいのよ」

「そんなことない」

気休めを言っているようには思えなかった。加奈は人の心情に機敏に反応できる。それでいて、嘘がない。傷んでいる者の心に、いつの間にかそっと、ぴったりと寄り添うことができる人だった。

「きっと迷子になってるんだよ。ちゃんと帰ってくるって」

「だといいんだけど……」

僕よりも上手にアカネを慰める加奈に対し、無性に敗北感を感じていたところに、僕の存在に気づいた彼女が小さくお辞儀をした。慌てて、同じように頭を下げ返す。

「でも。彼氏さんがいてくれて、少しは安心した」

ちらりと目線をくれながら、加奈が爽やかに言った。その言葉に勇気づけられたのはアカネではなく、どちらかというと僕だったように思う。

そばにいるだけで意味がある。そんな存在であればいい、という安心感だった。

いくつかの励ましと挨拶の言葉を交わして、加奈はコンビニの前にいた彼氏のもとへ戻っていった。

それを見ても、僕には嫉妬の欠片《かけら》もない。去っていく彼女の背中に、僕は心の中でごめんと謝った。

＊

このところ、アカネの部屋はひどく荒れていた。

着ていた本人が小さくなってしまったかのように、チェック柄のワンピースが脱いだままの形で床に置かれていたり。飲んだ後のコップがテーブルの上にいくつも置きっ放しになっていることもある。

今日のアカネは特にひどい。

「あと少しだから、ちょっと待って」

畳まれずに放置された洗濯物に紛れて、ベッドの上で平然と小説を読《よ》み耽《ふけ》っていた。

以前は僕に口うるさくコップに移せと言っていたペットボトルを、そのまま飲んでしまうくらいだった。

「ああ、もうだめ！」

読んでいた小説を投げ落とし、アカネはちらりと僕に目をやった。

「物語に入り込んでいる時はね、野花や道に落ちてる石ころ一個だってその情景が鮮明に目に浮かぶのに、集中が途絶えた途端、ひらがなや漢字の塊になって踊りだすのよね」

ふうっとため息をついてアカネは続けた。

「ごめんね、散らかってて。なんか片づける気になれなくて」

「いや、いいけど大丈夫？」

アカネは、大丈夫と言って机の上のコップを器用に全て抱え込んで流しに持っていった。ジャーと勢いのいい水の音と、シャカシャカという食器の音だけが部屋に響く。

アカネがこんな風になったのは、グリがいなくなってからだ。

未《いま》だに置いたままになっている鳥籠の扉が、開いた窓から滑り込んでくる風に揺られ時折鈍い音を立てていた。何か嫌な予感がする。その正体はよくわからないが、ただ、このままアカネをこの部屋にいさせてはいけないような気がした。

梅雨に入り、このところ雨が続いていたから、出かけるに出かけられなかったが、あいにく今日は朝からずっとよく晴れていた。

「ねえ、今日は天気もいいし気分転換に、ちょっと出かけない？」

アカネはキュッと水を止めて、僕を見た。

「どこへ？」

「映画館か、それか公園とかさ。他に行きたいところがあるならそこでも」

「うーん、わかった」

アカネはせっせとベッドの上の洗濯物の山の中から、白のロンTとライトブルーのスキニーデニムを引っ張りだす。最後にテレビ台の上に転がっていたハート型の容器を手に持って手首とうなじにシュッと一吹きした。

なぜか、その香水の記憶を鮮明に覚えていた。アカネがバイト先の同僚の大久保さんからもらったものだった。香水なんかほとんどつけない彼女がある時から急にそれをつけ始めて、尋ねたことがあったのだった。

「あ、それもらったんだ？」

「え？　なんで知ってるの？」

思わず生唾をのんでしまう。油断していた。そうか、この時の僕はまだ何も彼女から訊いていなかったのだ。

「え、いや、香水なんて自分じゃ買わなそうだから――」

苦し紛れの言い訳ほど、案外すんなり受け止められるものだ。タイムスリップしている、なんていうより百倍信じやすいに決まっている。

「まあそうだね。久しぶりにバイトに出たら、大久保さんが復帰祝いにってくれたの。本当のところは、自分には甘すぎる匂いだったたって」

アカネが動くたびに、懐かしいその香りがふんわりと辺りに漂った。

昔、アカネがよく遊びに来たという小学校裏にある人気の少ない公園にやってきた。

ブランコが二台と、小さな滑り台のそばに砂場がある。たったそれだけの小さな隠れ家みたいな場所だった。

見た目よりずっと低いブランコに腰をかけて、少し錆《さ》びた匂いのする鎖を握って地面を思い切り蹴《け》り上げる。同じようにしたアカネのブランコと交差するようにギーコギーコと揺れた。

「昔さ、よくこの鎖の間に手のひらの肉が挟まって豆を作らなかった?」

アカネがおもむろに立ち漕《こ》ぎを始めたのを見て、僕も立ち上がった。

「ああ、挟んだ、挟んだ。あれ地味に痛いんだよな」

なんだか懐かしすぎで胸の奥からこみ上げてきたものが、プッと笑いに変わる。

「ね、私よく挟んで血豆作ってたもの」

勝手に想像してみた幼いアカネは、今とあまりにも変わらなかったので思わず心の中で吹き出してしまう。

突然ブランコを飛び降りて砂場へ走っていくアカネを眺める。久しぶりに遠くから見るアカネはなんだか少し痩せたような気がした。

気のせいだろうか。気のせいじゃないとしても、グリがいなくなってまだ間もない。食欲がなくなっても仕方がない。

「ねえ!」

彼女が砂場の端を見つめたまま僕を呼ぶ。

ブランコを降りて近づいていくと、地面から何かが顔を出していた。埋められた瓶の頭のようで、中に何かが入っているようだ。

「これ、タイムカプセルじゃない？」

タイム。思わず一瞬身を強張《こわば》らせてしまう。その言葉はすっかり僕のウィークポイントになっているみたいだ。

「僕じゃないよ」

おかしな返しになってしまったが、彼女は気にする素振りもなく瓶を掘り返し始めた。誰かが埋めたタイムカプセルなのにそんなことしていいのか。いつか本人たちが掘り起こしにやって来てなくなっていたら、夢もへったくれもない。

「おい、勝手に掘り起こしたらまずいんじゃないか？」

慌ててアカネをたしなめる。

「いいじゃない、後でちゃんと戻しておけば」

けれど、夢中な彼女は断固として手を止めようとはしない。戸惑いながらも、確かにちょっと見てみたい欲求に負けて、結局アカネと一緒になってそれを掘り起こした。

直径二十センチくらいの小さな瓶には、四つ折りにされた紙が二枚入っていた。瓶を開けると、数年前のものと思われる空気が外気と混ざり合う。自分のタイムカプセルではないのに、結構ドキドキするものだ。

一枚目を取り出してアカネに渡す。彼女がゆっくりとそれを開けると、紙の間からするりと何かが滑り落ちた。

「あっ。四つ葉のクローバー」

アカネが叫んだ。カラカラに乾いたそのクローバーを、風で飛ばされないようにそっと手のひらで包み込む。手にしていた紙に二人で目を向けた。

【20歳のしょうたへ　元気ですか？　ぼくは今、小学2年生です。今ぼくは何をしていますか？　夢はかなっていますか？　ぼくの夢はトラックのうんてん手になることです。もし、なっていたらうれしいです。ちなみに、今ぼくはポケモンのカードがほしいです。よろしくおねがいします】

それはまるでサンタ宛ての手紙みたいで、思わず吹き出してしまう。

「未来の自分に欲しいものねだってどうするんだよ！」

「タイムカプセルの意味がよくわかってなかったのかもしれないね。でも、なんとなく気持ちはわかる。こういう時ってなんて書いていいかわからないのよ、子供の頃って。手を合わせる時も何拝めばいいのかわからなくて、とりあえず欲しいものを淡々と唱えていたもの」

「そういや、確かにそうだった」

思った以上におかしくて、僕はすかさず二枚目を取り出して開いた。アカネも顔を寄せて覗き込む。

【20歳の七海《ななみ》へ　久しぶりですね、元気ですか？　七海は元気です。今8才になりました。今は何してますか？　だれと一緒にいますか？　ショウタくんにこくはくしましたか？　ショウタくんといっしょだったらうれしいです。じゃあ、またいつか】

あまりの大人っぽさに、思わずドキッとした。女子と男子でこうも違うものなのか。

「すっごく大胆な子よね。同じタイムカプセルにこんなことを書くなんて」

たしかに。男はいつまでも子供だっていうのが、ちょっとわかった気がした。

この子たちは今何歳で、どこにいて、何をして、一体誰と一緒にいるのだろうと僕は想像を巡らせた。大人になった彼らは、このタイムカプセルのことを覚えているのだろうか。

アカネも同じことを思っていたようで、

「もしこの男の子がさ。手紙に挟んだこのクローバーを、未来でこの彼女にプレゼントするなんてことがあったら、もう最高だと思わない!?」

目をキラキラ輝かせてそう言った。アカネが好きそうな発想だ。

未来に起こることを何も知らないアカネの笑顔が、僕の胸を締めつける。

もしも、彼らが運命の相手同士なら。それもあり得るかもしれない。

カプセルに願いを込めたこの二人は、未来を信じて疑わなかった。

未来から戻ってきた僕と、未来にはもういない彼女。

僕らも、こんなまっすぐな未来を信じてもいいのだろうか。

彼女の手に包まれた乾いたクローバーを見つめながら、僕はそんなことを思っていた。

拝啓

ミーンミンミンミンミーン。

何年も土の中で溜めこんだエネルギーを一気に爆発させるように、蟬《せみ》がけたたましく鳴き続けている。

あー蒸し暑い。体が根っこから干からびそうだ。僕はこの季節が一番嫌いなのだ。

なんたって仕事が一番堪える。ジリジリと焼けつくような暑さの中での力仕事に、何度もぶっ倒れそうになった。

「おーい！　休憩だ！」

親方のいつものだみ声が、今日は天使の声のように聞こえた。

すがりつく思いで近くのコンビニに入ると、まるで南極か天国かと思うくらいに冷えた店内で、女の店員がカーディガンなんかを羽織っている。贅沢《ぜいたく》だ。

キンキンに冷えたコーラと、冷やしたぬきうどんを手に、会計を済ませて外に出る。

コンビニ前にある車止めのコンクリートに正樹と二人で座り込んだ。今さっき買ったそれにむさぼりついたのは僕だけで、正樹はポカリをひと口だけ飲んでぼーっとしていた。

「どうした？」

うどんを啜《すす》りながら訊いてみると、正樹はギクリと肩を震わせてこっちを見た。

「……」

「なんだよ、気味悪いな？　熱中症にでもやられたのか？」

しばらく黙っていた正樹が、ようやく口にしたのがこれだった。

「お前、本当にタイムスリップしてきたのか？」

ギョッと目を見開いて正樹を見る。

なんだって急にそんなこと……。

困惑している僕の顔を見て、正樹はハァとため息を一つついてから言った。

「……ババアが孕んだんだよ」

ええええええええ!!!

と言ってやりたいところだが、もちろん僕は知っていたし、そのことを正樹も知っている。ああ、そういうことか、と思った。

「なるほどな、それでようやく信じる気になったってことか」

僕は再びうどんを啜りなおした。

「まだ信じちゃいねぇよ。ちゃんと事情を聞かないと」

それから休憩の一時間弱、僕はタイムスリップする前から今日までのこと――アカネが死んだこと以外の全て――を正樹に細かく話してやった。驚きのあまりか、正樹は「ノストラダムスの大予言は？」とか意味不明なことを言っていたけど、そんなものはとっくの昔に過ぎたことだ。

とりあえず今の総理大臣のこと、国民的人気アイドルグループが解散してしまったこと、未来で流行《はや》った何人かの芸人のギャグ（真似てみたけれど少しもウケなかった）。

これから生まれてくるのが正樹の「妹」であることなどを教えてやると、正樹はすっかり信じたらしかった。

「で、結局お前、何しに来たんだよ？」

興味深げに正樹が言った。ふと、脳裏にアカネが過った。

「そんなもんわかるかよ。ある日突然ここに飛ばされてきたんだ」

目的はあった。でも、それは言えない。

肩をすくめてみせてから、食べ終えたゴミをビニール袋に突っ込んで、後ろにあったゴミ箱に投げ捨てた。

「じゃあさ、とりあえず一攫千金《いっかくせんきん》といきますか！」

「あのなぁ、悪いけど七年前の宝くじの番号なんて憶《おぼ》えてるわけないだろうが」

「チェッ。せっかくのチャンスをよ。まったくお前も丸くなっちまったもんだぜ」

「言っておくけどな、お前だってあと七年もすれば……」

「ちょ！　ちょっと待て！　言うな！　言うなよな？　自分の未来なんか知りたくねえよ」

結婚するんだぞ。そうばらす直前に、正樹の待ったが入ってしまった。

「で、お前、結局美紀ちゃんとはどうなわけ？」

「ああ、最近また連絡取ってるよ」

正樹はちょっと照れくさそうに俯いた。

「ほらみろ。だからさっさと戻っちまえばよかったんだ」

「……なんか、嫌だな。俺、思いっきり運命通り生きてるみたいでさ」

不服そうに地面に転がっていたコンクリートのカケラを蹴り飛ばす正樹。

店の時計をガラス越しに見てみると、もう休憩は終わりの時間だった。

「さてとっ。戻るか」

腰を上げ、尻についた砂を払う僕を下からまじまじと眺め、

「ああ。なんかお前が急に神様に見えるぜ」

と正樹が言った。

＊

悪い出来事に限って、次から次へとやってくる。

アカネのバイトの同僚、大久保さんが亡くなったのは七月末のことだった。

急性心不全。

それは図らずも未来のアカネと同じ死因だった。

そのことを、僕は過去でアカネから聞かされていない。

今回だって、本当にたまたま僕がいる時に、店長から彼女の携帯に連絡が来たことがきっかけで知ることになったのだ。なぜ僕に黙っていたのかは定かではないが、彼女が一人で抱えていたのは事実だ。

グリがいなくなったことから、ようやく少し立ち直りかけたと思っていた矢先のことだった。

「人って、こんなにあっけなく死んでしまうものなのね」

愛する家族がいないアカネにとって、大久保さんの死は、生まれて初めて目の当たりにする身近な人の死だった。

アカネはひどく混乱し、時折過呼吸まで引き起こした。

そんなアカネを目の当たりにするのは初めてで、僕の方までどうしようもなく不安になる。彼女の心は僕が思っていたよりもずっと繊細に作られていたのだ。まるで砂を丸めて固めたようなそれは、事あるごとにボロボロと崩れ落ち、少しずつ歪《いびつ》に形を変えていく。僕はそれを落とさないように、それでいて握り潰さないように、慎重に扱うほかなかった。

未来でも彼女はこんな状態に陥っていたのだろうか。

もしそうなら、僕は本当の彼女の姿を、今の今まで知らなかった。僕の前で、かなり無理をして気を張っていたに違いない。

異常な心の乱れは、すぐに体にも変化を及ぼす。

ここのところ、アカネはめっきり食欲が減っていた。

一日一回、朝に食べるヨーグルトとシリアル以外、僕がどんなに食事を進めても彼女はそれを口にしなかった。

そのうち、アカネは一日のうちのほとんどをベッドの上で過ごすようになった。もちろん、大学にもほとんど顔を出さず、家にいる時はひたすら本を読んでいるか、映画を観ていた。一種の現実逃避とも思えるそれを、毎日毎日繰り返す日々。体がだるい、と訴える原因はわかりきっているのに、改善しようとしない。時々、本当に時々、僕が買って来たものが、彼女の食欲をそそることがあった。それは大抵、果物とか大して栄養にもならないものだったが、それでも食べてくれるだけありがたい。僕は毎日彼女のマンションまで何か食べれそうなものを持って通うようになった。

そして八月の末、僕はこのタイムスリップの中で最大の失敗を犯した。

仕事中だというのに、アカネのことばかりに頭がいっぱいになっていたせいだ。仕事への慣れもあり、油断していたのも一つかもしれない。

夏が静かに終わりを告げ始めていたその日、僕は仕事の作業中、足場から足を滑らせ、およそ三階の高さから、真っ逆さまに地面に落下した。

幸い、落ちたのが土だったこともあり、命に別条はなかったが、足が折れた。全治一ヶ月。アカネがこんな大変な時に、チクショウ。

そんなことを思ってみても、起きてしまったことはどうしようもない。

都合よくその瞬間だけを巻き戻す力も、僕個人にはない。

そのことをアカネに伝えるのは、正直かなり躊躇《ちゅうちょ》した。

死んだわけではないにしても、今の彼女は何をきっかけに壊れてしまうかわからない。でも、突然、顔を出さなくなればそれはそれで心配するだろう。

僕は病院から家に戻り、とにかく出来るだけ明るく報告しようと決めて携帯を手に取った。


僕からの連絡ですぐアカネは家までやってきた。

お袋に出迎えられ、恐る恐るといった感じで僕の部屋にやってきたアカネは、僕の足にぐるぐるに巻かれた包帯を見るなり目を見開いた。

「全然、軽い怪我《けが》じゃないじゃない！」

彼女の声に驚いたクロが慌ててベッドから抜け出し、ドアの隙間からひょろりと飛び出していく。みるみるアカネの顔が不安そうに歪《ゆが》んだ。

「あはは、でもほらこの通り、他はピンピンしてるし！」

僕は努めて明るくマッスルポーズではにかんだ。

「……本当？」

「うん！　でもさ、しばらくアカネの家まで行けそうにないから、よかったらこれからしばらくはこっちに来てよ。この通りだからすることなくて暇だしさ」

いい機会かもしれない。

ちょうどずっと引きこもってばかりだったアカネが外に出るいい機会だ。

とりあえず、数日間は自宅安静を余儀なくされているし、松葉杖《まつばづえ》に慣れるまではアカネが来てくれる方が助かる。

不安そうに突っ立っていたアカネをベッドまで呼び寄せ、自由に動く腕の中で抱きしめてやる。「本当ごめんな」僕がそう言うと、アカネが静かに息をついた。

「もし……もし大ちゃんが今日頭から落ちてたら……どうなってたんだろう」

「え？」

「もし、もっと高いところから落ちてたら……？　そしたら私……」アカネの肩が震える。

「そんなこと考えなくていいんだよ、ほら生きてるだろ？　そんなに簡単に人は死なない。その、大久保さんは確かに残念だったけど、人は簡単に死んだりしない。大丈夫だから」

なんの根拠もなかった。むしろアカネが死んだ時、僕は今のアカネと同じことを思っていた。でも、それでも僕は人は簡単に死なない、と信じたかった。

アカネは死なない。僕が絶対に死なせない。

アカネへの言葉は、まるきり僕の願いだった。


アカネが少し気持ちを落ち着けた頃、コンコンと部屋のノックが鳴った。

「お夕食食べていかない？」

お袋はよそ行き用の笑顔でアカネに言った。

「あっお構いなく！　もう帰ろうと思っていたところなので……」

アカネは慌てて立ち上がり、手をブンブンと振る。

ふと、もしかしてここでならアカネが少しはご飯を食べれるんじゃないかとも思った。僕には美味《うま》いご飯は作れないが、お袋の手料理はなかなかイケる。

「あ、いいじゃん。ご飯くらい食べていきなよ」

「そうよ、気にしなくていいのよ？　それにもうアカネちゃんの分まで作ってしまったし。食べてもらえないほうが困っちゃうわ」

お袋の後押しもあり、アカネは参ったなという感じではあったけれど、夕食を食べていくことになった。

「はい、これ。天ぷらと、きんぴら。ご飯はどのくらいがいいかしら？」

片手に茶碗《ちゃわん》を持ち、炊飯ジャーの中の白飯をしゃもじですくい上げながらお袋が言った。

「あ、本当にちょっとでいいです」

しかし、一人息子しか育てたことのないお袋は、茶碗に白米をよそってアカネに渡した。さすがに僕相手でも多いだろ、と突っ込みたくなるほどの量だ。

「とりあえず、食べれるもんだけ食べな？　残してもいいから」と僕が耳打ちすると、アカネは引きつりながら苦笑した。

食卓に女の子がいることが相当嬉しかったのか、お袋も父さんもさっきからひっきりなしにアカネに話しかけている。

大丈夫かな、と心配になったがアカネは案外楽しそうに笑い返したりしていて、内心ホッとした。家に一人きりでいるより、こんな風に話し相手がいる方がもしかしたら今のアカネにはいいのかもしれない、と思ってみる。

結局アカネは、さつまいも、海老《えび》、しいたけの天ぷら一つずつ、きんぴらを小皿一杯、そしてあの山盛りのご飯を全て胃袋に沈めた。

泊まっていけばいいのに、という僕とお袋の声には首を縦に振らず、アカネはご飯を食べてすぐ、ごちそうさまでした、と挨拶をして家を出た。

僕はまだ慣れない松葉杖で彼女を玄関の外まで見送りにでる。

「今度は泊まっていきなよ？　今日は確かに急だったからあれだけど。明日は来れる？」

「う〜ん、まだわからないけど来れたら来るから。電話するね！」

なぜか少し急《せ》いているような口ぶりで、彼女はじゃあねと手を振って暗闇の中へ溶けていく。

彼女の背中を見送りながら、胸のあたりで何かがザワザワと音を立てるのを感じていた。

秋の桜

摂食障害。

大学に入った時、バイト代を貯《た》めて買ったノートパソコンで症状を打ち込み検索してみると、画面にはそう書かれた項目がいくつも並んでいた。

打ち込んだのは、

【太る・怖い・吐く】

たったこれだけだった。

もう一度、『摂食障害』で再検索すると、膨大な数の情報がそこには溢《あふ》れていた。
・ダイエットのいきすぎや、心の病気からの発症など
・太ることへの恐怖
・痩せたい願望
・絶食
・思春期に見られる

・体力の減少
・生理不順
読んでみてから気づいた。もう二ヶ月生理が来ていない。

一番最初のきっかけは、グリがいなくなった時。母親はもとより、グリにまで見放された、と思った。

一体何がいけなかったのだろう。どうして皆私から離れていくのだろう。

私にはもう大ちゃんしかいない。もし、彼まで失ったら……。そんな不安を抱えながらふと、映画の中に出て来る美しい顔立ちをした女優を見てため息が漏れた。

美しいのは顔だけではない。細くキュッとしまったくびれ、太ももと呼べるような無駄な肉などほとんどない足、カッターで削《そ》ぎ落としたみたいな尖《とが》った顎《あご》のライン。

もし私がこんな風に美しかったなら、きっと誰も私を見捨てたりしなかったはずだ。そうだ、きっとそうに違いない。顔は無理でも、せめて体つきくらい細くならなければ、今度こそ大ちゃんにまで捨てられてしまう……。

そんな恐怖心に飲み込まれ、私はいてもたってもいられずトイレに駆け込んでいた。

最初に食べたものを吐き出した時、そのあとに残ったのは満足感によく似た感情だった。さらに胃袋の中の物が、体に吸収されてしまう前に吐き出せた達成感。

胃袋が空になる感覚は、一種の麻薬のように爽快で、すぐに癖になった。

食べたものを吐き出せないでいる時間は落ち着かず、とにかくすぐに吐ける家に長くいるようになった。

大ちゃんがいる時はそれはできなかったけど、彼といるとひと時だけは不思議にもそんな感情が消えるのだった。

けれど、大久保さんが亡くなった後からはもうそれもダメだった。

胃袋の中に物が入ることさえ恐怖に変わっていた。

朝、自分の中で食べてもいいと決めたヨーグルトと、グラム数を計って振りかけたシリアル以外は何も口にできなくなった。時には水を飲むことさえもはばかられた。

大ちゃんが事故を起こし、彼の実家へ行ったあの日。

私は急いで家に帰るなり、トイレに駆け込み、今さっきご馳《ち》走《そう》になったご飯を一心不乱に吐き続けた。久しぶりに感じた「お腹《なか》いっぱい」という感情に私はパニックに陥ったのだ。好意なのだから、と一口食べたそれは今まで食べたどんな料理よりも美《お》味《い》しかった。家庭の味というものを初めて食べた気がした。それが嬉しくて、ついつい食べ過ぎてしまったのだ。

なりふり構わず喉の奥に指を突っ込み、トイレの便座にへばりつく。

「オエ……ォエエ……」

必死に吐いた。

お米一粒だって残さないように何度も何度も指を突っ込んだ。

さっき食べた物が次々に逆流し、苦しさに目には涙がにじむ。

……最低だ。

私はなんて最低な人間なんだろう。

せっかくお母様が作ってくれたご飯だったのに。

私なんかのために作ってくれたご飯だったのに……。

世界にはご飯が食べられず死んでいく人たちがいるというのに。

私は……私は……。

涙がぽろぽろと零れ落ちた。

不安と恐怖は罪悪感に姿を変えて、一瞬にして私を丸のみにした。

この行為に、摂食障害という名前がつけられていることを知った時、なぜか安堵のため息がほっと出た。

この病を患っているのは私だけじゃなかった。

他にも苦しんでいる人がいる。

ほんの少しだけれど罪悪感が薄れたような気もした。

それでも、これだけの情報があるにもかかわらず、有効で的確な治療法はどこにも載っていなかった。

時間がかかるとか、家族の協力が必要だとか。何を読んでもそんなことしか書いていなかった。私には頼れる家族などいないというのに。

いっそ手術でもして胃を切り取ってくれたらいいのにと思った。

そうしたら、こんな恐怖や、不安や、罪悪感に苛まれなくて済むのに。

まるで泥に埋もれるように、私は暗闇に沈んでいった。

それから、私は大ちゃんの実家には顔を出さなくなった。

また、夕食に誘われたら断れる自信がなかったし、そのあとにまた訪れるあの罪悪感を感じたくなかった。

しびれを切らした大ちゃんが、五日後に松葉杖でやって来た。

手土産にたこ焼きを持って。

「たこ焼き、食べる?」と言いながら大ちゃんは片足立ちで座るところを探してあたりに目を配る。

ソファーの上には洗濯物、ベッドの上は本の山。彼はテーブルとソファーの間に腰をおろし、折れた足を伸ばした。

少し考えたふりだけして、私は首を横に振る。

「え、食べようよ? まだアツアツだよ?」

頭の中で瞬時にカロリーを計算してしまう。一個あたり多分50キロカロリーほどはあるだろう。今朝食べたヨーグルトのカロリーも入れて……ダメだ。きっとまた吐き出すことになる。

彼はもちろん私が摂食障害という病であることを知らない。行き過ぎたダイエットか何かと思っているのだろう。だからこうして何とか食べさせようとして来るのだ。

それが今の私にとって最大の負担になった。

けれど、せっかくの好意に背いてばかりでは、嫌われてしまうかもしれない。

洗濯物を踏みつけるようにソファーの上に座って黙っていると、大ちゃんは何を思ったか、たこ焼きの中から箸で器用にタコだけほじくり出して、私の口元に差し出して寄越した。

「せめてタコだけなら、食べられない？　これなら太らないよ？」

確かにこれだけなら、と思った。私は観念してそれを口に含んだ。美味しかった。

これくらいなら後でひどい罪悪感に襲われずに済みそうだ。

それを食べた私を見て、大ちゃんは安心したように目尻を下げて微笑んだ。

大ちゃんは十個全てのたこ焼きの中からタコを寄越して私に食べさせ、彼はタコの入っていないたこ焼きを美味しい、美味しいと言って食べていた。

そんな大ちゃんを見ていると胸がキュッと締め付けられた。思わず泣きたくなる。

気を遣わせている。どうして彼はこんな私にこんなにも優しいのだろう。

罪悪感を感じながら彼の後ろ姿を見つめていた時、ふとあるものに気がついた。

大ちゃんの右耳の後ろに小さなホクロが一つ。今まで全く気づかなかった。

こんな場所では、きっと本人も知らないだろう。

なんとなく、彼にバラしてしまうのが惜しくて、私はそれを彼に言わないでいることに決めた。

彼も知らない彼の秘密を手にしたことが無性に嬉しくて、同時に愛しいと思った。

不意に誰かが玄関先の階段を上ってくる音がした。

今さっき病院に寄らなければいけない、と帰ったばかりの大ちゃんではない。

大ちゃんならいつも駆け足だし、第一、今松葉杖なのだ。

となると、急にここに来るのはあの人しかいなかった。

ガチャンガチャンと鍵の開く音がした。

私は慌てて開いていたパソコンを閉じ、玄関に出てチェーンを外すと、そこには母親が立っていた。

「急にどうしたの？」

この人が来る時はいつも急なのだけれど、あえて嫌味を込めてそう訊いた。

「ちょっとね」

どうやら今日は酔っ払ってはいないらしい。

小さなハンドバッグだけ抱えて中に入ってきた母は部屋を見るなり、

「ちょっとは片づけておきなさいよ」

と言った。

最近の私には活力というものが欠け落ちている。

ろくに掃除せずにいた部屋は、一般人になかなか理解されない芸術品のように見事なカオスだった。

でもこの人には言われたくはない。私が返事をしないでいると、母はソファーの上に散らかっていた洋服を端のほうに押しやり、空いたところに腰を下ろした。

仕方なくコーヒーを淹れてテーブルの上に二つ、灰皿と一緒に置いて、向い側の床にクッションを置いて座る。

「色々忙しかったのよ」

訊いてもないのに、母親はしばらく顔を見せなかった言い訳を口にする。

「ふうん、」

「それで、あんた大学はどうなの？」

「どうって、別に。普通だよ。ちょっと最近行けてなかったけど」

「やめるの？」

突然の言葉に、私は反射的に眉をひそめた。

「え？」

「やめる気はないの？」

「……は？」

そして母親はふうっとため息をついてから私の目をじっと見つめて言った。

「あんた、北海道《ほっかいどう》に行く気はない？」

「……どういうこと？」

訳がわからずに困惑していると、母は一呼吸置いてから切り出した。

「……私と橋本さん、結婚することにしたの」

したの、って。相談一つせずに、と思ったが、この人ならありうる。

「結婚て、なんで急に？　今のままじゃだめなの？」

「……早い話がお母さん、妊娠しちゃったってわけ」

一瞬目の前が真っ白になって、前も後ろも右も左も何がなんだかまったくわからなくなった。

「……え？　え？　ど、どうい…う…こと？」

「言った通りよ」

「橋本さんの子？」

「当たり前じゃない。私だってもう三十七なのよ、そこいらの男をひっかけて遊んだりしないわよ」

むっとした顔をして母が私を睨んだ。そこいらの男をひっかけて遊んでいた間にできてしまったのが私なんだけど、と思ったが言わなかった。

「で、でもだからってなんで北海道？」

「ああ、橋本さんが転勤になったのよ。だからこの機会に籍入れてあっちで正式に一緒になろうって」

展開が速すぎて上手《うま》くのみ込めなかった。

「……今何ヶ月なの？」

「四ヶ月。もうすぐ五ヶ月に入るわ」

「そうなんだ……」

「だから、あんた一緒にあっち行かない？　あっちにあの人の持ってるマンションが二部屋あるのよ。だから私とあの人とこの子が片方に住んで、もう片方をあなたに住まわせたらどうかって」

「……一緒には住まないんだ？」

「だって生まれたばっかの子供がギャーギャー隣で泣いてたら嫌でしょう？　別々ったって同じマンションの中なんだし、一緒に住んでるようなもんじゃない」

あんたらが一緒に住みたくないだけなんでしょ。

喉の奥まで出かかった言葉をとりあえず沈めて、はぁーっと少し長いため息をつく。

「で、あっちに行くから大学やめろってこと？」

「あっちからじゃさすがに通いきれないでしょ。あっちでまた新しくなんか始めたらいいじゃない。どうせサボってたんでしょ？」

瞬時に体中の血が沸騰した鍋のようにグラグラと煮えたぎっていくのがわかった。

「ちょっと？　聞いてる……」

「勝手なこと言わないでよ!!」

部屋の四方八方に飛び散った言葉が鼓膜にキンと余韻を残して落ちていく。

母は口をぽかんと開けたまま今何が起こったのか理解できずに私を見つめている。

それもそのはずだ。

私はこの人に今までに一度だってこんなふうに怒ったことなどなかったのだから。

「久々に帰ってきたと思ったら、勝手に話進めてるし。妊娠だ、結婚だ、そんなの好きにしたらいいじゃない！　今までだって勝手にそうしてきたじゃない！　なのにどうして私の未来にまで口出ししてくるのよ！　大学やめろだなんて言ってくるのよ！　急に母親ぶったりしないでよ！　私が今までどんな気持ちで過ごしてきたかわかる？　私がどんなに辛い体験してきたかあんたにわかるの!?」

悔しいけれど、私の涙腺はとっくに壊れてしまっていたらしい。

こらえようにも涙は勝手に溢れて止まらないのだ。

「私が……私が今までどんなに……」

「……ごめんね、ごめんアカネ」

おろおろとパニックになりながら、母も私と同じように目にいっぱい涙を溜めていた。

「謝らないでよ、別に謝ってほしいわけじゃないわ」

「アカネ何も言わないから、私アカネはそういう子なんだって思ってたの……」

涙を拭きながら怯《おび》えきった様子で、母が啜り泣いている。

「言わなかったんじゃない、言えなかったの。お母さんいつも家にいなかったじゃない」

「でもそれは仕事で……」

「言い訳なんか聞きたくない。これまでの事も仕事だったたって言うの？　ずっと？

私より橋本さんを選んだだけじゃない」

「……本当にごめ……」

「だから謝らないでってば！」

聞きたくなかった。私より橋本さんを選んだことをわかっていても、心のどこかで信じたくない自分がいるのだ。

それなのに謝られては、元も子もない。

それから長い間、しんとした沈黙が続いた。

あまりに静かで、目の前の母の存在を忘れてしまいそうなくらいだった。

その沈黙を破ったのは母のほうだった。

「アカネ……少し痩せたんじゃない？」

私は黙っていた。

「……ちゃんと食べてるの？」

「……」

「しっかり食べなさいよ。若いんだから」

「……」

黙っている私に耐えかねて、母は左手につけていた腕時計をちらりと見やった。

そして気まずそうに言った。

「……下で橋本さん待たせてるのよ。だから、アカネ。気が変わったら教えてちょうだい」

ついに私は無言を貫き通して、母が出ていってもしばらくずっとそのまま動けずにいた。

使われることのなかったガラスの灰皿が、夕日の赤に染まっていた。

＊

夢の中で僕は未来にいた。そこにアカネが出てくる時もあれば、ない時もある。

当たり前のことだ。夢なのだから。

それでもタイムスリップという非現実の中にいると、どこまでが現実でどこまでが夢なのかわからなくなることがある。

足場から滑り落ち、骨折した足もこの世界の中では、朝起きたら嘘のように……。

——なんてことは起こらなかった。

ちょうどぴったり言われた通りの全治一ヶ月で仕事復帰できるようになった頃には、すっかり秋が深まっていた。

ついに十月がやって来た。

それは、かつての僕らが別れた季節だった。

正直、毎日毎日気が気ではなかった。

その日が迫るにつれ、彼女がいつ別れを切り出してくるのかとヒヤヒヤする。

僕が骨折してから、アカネは一度実家に来たきり会いには来なかった。

緊張するのだと彼女は言ったが、それをまるきり鵜呑《うの》みにしているわけではない。

きっと何か原因があるのだ。

それに、僕の怪我に遠慮しているせいもあるかもしれないが、アカネは最近また、僕に会いたい、と言ってこなくなった。会いに行ってもぼんやりとしている時間が増え、何か悩んでいるようだったけれど、僕には何も話そうとはしなかった。

もしかしたらもう引っ越しの提案を受けているのかもしれない。

けれど、僕から訊けず、砂を噛む思いでアカネをただ見守るしかなかった。


久しぶりに職場復帰を果たしたその足で、アカネのマンションに向かう。

足は治っているはずだが、このひと月右足をかばって生活していたせいで、階段を上るとき重心はやや左側に傾く。

今日は手土産に焼き芋とぶどうを持って来た。多分焼き芋は食べてくれないだろうなと思いつつ、あの甘い蜜の匂いに引き寄せられ、つい買ってしまったのだ。もしかしたらアカネもつい、食べてくれるかもしれないと思った。

部屋のインターホンを押し待っていると、いつものように鍵が二つ回り、金属がドアから外れる音がする。

中から出て来たアカネは、やっぱり今日も痩せていた。足も、腕も棒のように細い。

「私、引っ越すことになったの」

その日、アカネはついに僕に向かってキッパリとそう言い切った。

二度目だというのに心臓が撃ち抜かれるような衝撃が体を駆け巡る。

ついに来た。

心のどこかで、もしかしたらこの世界では引っ越すことをやめてくれるのではないかと微かに期待もしていた。

だって、この世界で僕は、一度目の過去より何十倍もアカネに時間を費やしてきたのだ。

アカネのそばにはいつも僕がいる。言葉だけではなく、行動で示して来たつもりだ。

アカネの弱さも、繊細さもかつては気づけなかったことをたくさん知ることが出来ていたはずだし、アカネが引っ越す未来だってもしかしたら……。

「……どこに？」

僕はなんとか平然を装い、トボケて訊き返した。

「北海道よ」

と彼女は言った。

北海道のどこだ？　以前訊いた時は答えてくれなかったのを思い出して口を噤《つぐ》む。

「急に決まったのよ」

まるで僕への後ろめたさなど微塵《みじん》も感じていないようなツンとした口ぶりで彼女は言った。

「……母親についていくのか？」

その言葉にアカネは驚いた様子で僕を凝視した。

「え、なんで知ってるの？」

まずい。

「……いや、そうかなって」と僕は言葉を濁した。

「……まあ、そういうわけなの」

そういうわけなの、という一言で僕らの関係まで終わらせるつもりなのだろうか。

「……まさか、だからって別れる気じゃないよな」

思わず先走って訊いてしまった。

別にアカネがどこへ行こうが最悪構わない。ただ別れずにいてくれるなら、僕は本気で彼女に会いに最果てまで通う覚悟はとうにできていた。

「え？　……そんなことまだ言ってないじゃない」

「まだ、って？」

彼女がぎくりと顔を引きつらせる。

以前なら、そんな言葉の綾《あや》に気づきもしなかった。

遠距離恋愛はどんなものだろう、逢えないのはやっぱり寂しいな、そんなことで頭がいっぱいだったに違いない。

また、繰り返すのか。

そう思うと、頭の底がシンと冷え、怒りのような感情が沸々と湧いて来た。僕は震える拳に力を込める。

「別れるなんて、絶対しないよ」

声まで震えていた。

「……でも、北海道になんか行けば、もう今までみたいには会えないのよ？」

「だから何？　それでも構わないよ。遠距離のカップルなんていくらだって……」

「大ちゃんが良くても私は……」

「……やっぱり別れようとしてるんだ」

アカネが息を飲んだ。

「そういうわけじゃ……」

「だったら、なんで別れるだなんて言ったんだよ！」

声を荒らげるつもりはなかったのに、気づいた時には爆発したように言葉を吐き出していた。

「な、いつの話よ？」驚いた様子でアカネが僕を見つめる。

ああ、もういい、言ってしまおう。

このままでは何も変わらない。少しでも未来を変えることができるなら、わずかな可能性にでも今は賭けてみたかった。

「過去に……。過去にも一度、アカネはそうやって別れたいって言ったんだ」

僕はついに今僕が置かれている状況について口にした。

「……何言ってるの？」

「……未来を知ってるんだ。僕は未来からタイムスリップしてきたんだ。多分アカネにもう一度逢うために……」

アカネはぽかんと口を開けてまるで映画でも観るように僕を眺める。

「信じられないだろうけど、本当の話なんだ」

「何？　全然言ってることがわからないわ」

未来の硬貨とか、携帯とか、何かすぐに見せられる証拠でもあればいいのだろうが、急にこの時代にやって来た僕にはそれがない。

今はとにかく僕の言葉を信じてもらうしかなかった。

「それはそうだろうけど、でもこのままじゃダメなんだ。このままじゃ」

「このままじゃ？」

アカネが怪訝《けげん》そうに繰り返す。

「このままじゃ……」

死んでしまうんだ。

言えるわけがなかった。

「……とにかく距離が問題なら、アカネはこっちに残ればいいだろ？　そしたら大学も辞めずに済むし、同棲して、アカネの生活くらい面倒みる。働いてるし、それくらい何とかできる」

アカネは黙っている。

「……どうしてそんな母親にわざわざついて行くんだよ？　前にそんな話したことあったよね？　その時アカネは行くわけないって言ってたじゃん？　何で今になって変わって……」

「……怖いのよ。もう誰かに置いていかれるのは……」

僕の言葉を遮り、口にしたアカネの言葉は情けないほど小さな声で僕の耳に届いた。

「……母親のこと恨んでるんじゃないのか？　それと同じくらい諦めてるって」

するとアカネはフッと口元を歪めて、

「恨んでるわよ」

と苦笑した。僕は返す言葉を失って口を噤む。

「……昔ね、私がまだ小学校に上がって間もないころよ。友達たちがクリスマスにサンタさんから何をもらうかって話していたの。もちろんあんな親がクリスマスにプレゼントを用意してくれることなんて一度もなくてね、それでもまだサンタさんを密《ひそ》かに信じてたのね。ちょうどその頃友達の家に大きなクマのぬいぐるみが置いてあるのをみて、あ、これだ。これが欲しいって。それでサンタさんに手紙を書いて、それを枕元に置いて眠ったの。そしたら朝……何があったと思う？」

僕は首をすくめた。

「朝起きて、希望いっぱいの私のそばにはぬいぐるみどころか、母すらいなかった。その辺の男とロマンチックなクリスマスでも謳歌《おうか》していたんでしょうね。昼過ぎにやっと帰って来たかと思えば酔っ払った母がこう言ったの。サンタなんていないのよ。欲しけりゃ自分で働いて買いなさい、って。信じられる？　まだ幼《おさな》かったけど、さすがに呆《あき》れて何も言えなかったわ」

じゃあどうして、そんな母親についていくんだよ――。

その言葉が喉まで出かかったところで、アカネの言葉が遮った。

「でもこれで行かなかったら私……今度こそ本当に捨てられる。そんなのきっと耐えられない。だから私……」

そう言いながら、アカネはついに顔を覆って泣きだした。

ああ、アカネはまだ諦めきれていないのだ、と思った。

どんなに酷い母親で、憎しみ、恨んでいても、彼女はまだ母親に期待しているのだ。一緒に行こうと母親に言われた時、もしかしたら彼女は心底ホッとしていたのかもしれない。

母親がまだ自分を必要としている、そう受け取ったのかもしれない。

きっと、彼女はそのことについてほとんど悩まなかったに違いない。

悩んでいたのはただひとつ、僕という存在の〝後始末〟に他ならない。

彼女にとって恋人というものは、どうやっても家族以上になることはないのだろう。

僕はどうすることもできずに、彼女の頬から零れ落ちる涙を見つめていた。

そこにいたのは僕の知らない、無数の傷を心に負った彼女だった。

泣き出したいのは僕も同じだった。

本当に行ってしまうのだ、離れてしまうのだ、そんな現実に耐えられなかった。

「アカネ、ごめん。全然アカネの気持ちわかってなかった。今までずっと気づいてやれなかった。本当にごめん」

アカネは何度も首を振った。

「大ちゃんのせいじゃない、私のせいなのよ。だから大ちゃんが謝ったりしないで。お願いだからそれだけはしないで」

彼女の答えは最初から決まっていた。僕がこの世界に来たこととは関係のないところで。それが彼女の出した答えだったんだ。

僕はそれ以上何も言えなかった。

強引に引き止めることもできたかもしれない。

行くなよ、と言えば済む話だったのかもしれない。

あれだけ後悔したのだ。あれだけ彼女との別れを悔やみ続けてきたのだ。

彼女に嫌われようと、疎がられようと、今この瞬間から彼女を監禁して僕の前から逃げられないようにすればいいのかもしれない。

……。

……それでも僕にはそんなことできなかった。

どうしてそんなことができただろう。

僕はアカネの父でもなければ、母でもなく、彼女が必要としたグリでもないのだ。

アカネにはその全てが、僕と同じだけ、いやそれ以上に必要だった。

引き止めても同じことだ。

もし僕とここに残ったところで、彼女は母親を失ったまま生きていく。

そこに残るものはきっと僕の自己満足にすぎないのだ。

後悔とは結局、自分本位な世界で培われるものに過ぎない。

それを彼女に押し付けること、それをわかっていてやることは、結局また次の後悔を生むだけのことのように感じた。

未来での彼女はあと三ヶ月しか生きられない。

そしてそれを彼女は知らない。今度もまたそうだと決まったわけでもない。

それまで、どう過ごすのか、彼女が彼女自身で決断しなければダメなのだ。

そして彼女が僕を捨てるというのなら、僕は………。

結局、手土産で持ってきた焼き芋とぶどうも、困ったように微笑むだけでアカネは食べてはくれなかった。

＊

空は真っ赤に燃えていた。

さっきアカネは大学の中退手続きを済ませてきたところだった。

今日、アカネは北海道へ発《た》つ。

夕方六時十分の新千歳空港《しんちとせくうこう》行きだ。

その前に二人であの桜並木を見に行くことになっていた。

あそこで出逢って、付き合って。だから最後もそこに行こう、そう言ったのは僕だった。

桜はとっくに散っていて、赤や黄、オレンジに紅葉した並木がずらりと佇《たたず》んでいた。

空の赤と交わって、風に乗って落ちてくる枯葉はまるで空のカケラが降ってきているようにも見える。

一足早くそこに着き、彼女を待っている間、僕は色んなことを思い出していた。

初めてアカネと言葉を交わした日のこと。

再会した日のこと。

何度も繰り返した喧嘩や、そのあとに交わされたキスのこと。

求め合うように抱き合った時の肌の感触や、アカネの声。

誕生日の時の泣き顔や、卒業式の後のすっきりとした横顔。

当たり前のように過ぎていく日々の中で、僕たちは当たり前のように隣にいた。

そしてこの先も同じように過ごしていくのだと信じていた。

細い影が視界に入り、顔を上げるとアカネが立っていた。

「ごめん、ちょっと手続き延びちゃって」

「ううん、僕もさっき来たとこだよ」

アカネはふと、立ち並ぶ木々を見上げた。

「秋の桜って、とても綺麗なのね」

「そうだね、知らなかったよ」僕は肩をすくめた。

あ、そうだ忘れないうちに、とアカネは肩からかけていたボストンパックから細長い箱を取り出してよこした。

「え、何？」

「ふふ、開けてみて」

言われるままにすると、中には黒い革のベルトの腕時計が入っていた。

カチ、カチ、カチ。繊細な秒針が、正しく今の時刻を示している。こんなもの、未来の僕はもっていない。

「ちょっと、早いけど誕生日プレゼント。今日渡さないともう……」

そう言いかけて、彼女は口を噤んだ。

僕は喉の奥がカッと熱くなるのを感じたけど、それ以上は何も訊かなかった。

箱からそれを取り出し、早速腕につけてみる。

二つ目の穴で、ちょうどぴったり僕の腕に収まった。

「ありがとう、大切にする」

アカネは静かに微笑んで、腕の時計を見つめていた。

「私、あっちで妹が生まれたらうんと可愛がるの」

アカネの母親が妊娠していることは、聞いていた。

そして、母親と新しい父親になる人と、妹と同じマンションで一緒に暮らすということも。

「アカネが？」

「そうよ、あの母親に任せてられないわ。私がいい例でしょ？」

僕は思わず微笑んだ。

「アカネってやっぱり本当は強いのかもな」

「あら、今頃気がついた？」

憎たらしげに、片方だけ眉を吊《つ》り上《あ》げてアカネが言った。

うん、と頷き返して、そんなアカネを静かに眺めた。

白いニットのカーディガンに、花柄のワンピース、そしてその先に伸びた細すぎる手足。腕も足も木の枝のように、今にもポッキリ折れてしまいそうだ。

風に吹かれただけでもふっと飛んでいってしまいそうなほど頼りない彼女の体を、肩からかけたボストンバッグが重石《おもし》となってかろうじて防いでいるようにも見える。

「……でも、一つだけ約束して欲しいことがあるんだ」

僕は少し声を低めて言った。アカネが首を傾《かし》げる。

「それが僕と別れる条件」

自分で吐いた言葉のはずなのに、言葉が跳ね返るようにして僕の心臓に突き刺さった。

別れたくない、別れたくない、別れたくない。

いつまでも女々《めめ》しくそう嘆くもう一人の僕が脳裏で主導権を握ろうと、必死に抵抗している。

「言ってみて」

どこまでも真《ま》っ直《す》ぐなアカネの瞳が僕を見つめていた。

一度、深呼吸をし、頭を振りきってどうにか冷静さを取り戻す。

「北海道に着いたら、できるだけ早く、病院に行って欲しい」

アカネの目を見つめ返しながら、僕ははっきりとそう口にした。

「病院？」再び彼女は首をかしげる。

「そう。出来るだけ早く。それでせめて週に一回、それが無理なら月に一回でもいい。定期的に通って欲しい」

僕がそばにいられないなら、せめて彼女の心臓が突然動かなくなる前に、原因をつきとめて治療を受けて欲しい。この数ヶ月改めて彼女と過ごし、彼女の過度な食事制限がその原因一つになっている可能性が想像出来た。

今までにもさりげなく促したけれど、彼女はまともに取り合ってくれなかった。

「病院に行くほどじゃ……」

細すぎるアカネがまるで説得力のない言葉を発する。

「いいから、これが最後のお願い。もしそれが出来ないなら、今度こそ押しかけるよ」

別にそれならそれでいい、と思っていたが彼女は少し考えてから、

「わかった、行くよ」と言った。

その言葉で僕はいくらか安堵して、ジャケットの胸ポケットにそっとしまっていたものを、アカネの手の中に握らせた。

突然手を握られ、不思議そうにする彼女に僕は「見てみて」と言った。

手の中を覗き込んだアカネは、それを見るなりハッとした表情で僕を見やった。

「これって……」

「あのタイムカプセルの中から盗んできたわけじゃないよ？」

だ。

僕は肩をすくめて苦笑する。

アカネの手の中には四葉のクローバーが一つ握られていた。

今日のためにも、仕事の合間を見つけてはあちこちの雑草をかき分けて探していたのだ。

「アカネの未来を願っておいたから、お守りがわりに持ってて」

そういうと、アカネは再びそれを見つめ、「大切にする」と呟いた。

「今何時？」とアカネが言った。

一瞬携帯を取り出しかけて、今さっきもらった腕時計に目を落とす。

僕が答えると、「そろそろ行かなくちゃ」とアカネは静かにため息をついた。

後悔する、と思った。

このままアカネを失えば、そこには後悔以外何が残ると言うのだろう。

二度もアカネを失おうとしているのに、何も出来ない自分に腹がたつ。

駅の方向に向かって並木を並んで歩いていたはずなのに、いつの間にかアカネは少し前を歩いていた。

僕の後ろで夕日が今日も沈もうとしている。不意にアカネが振り返った。

「ここでいいよ」とアカネは言った。

「え？　駅まで送るよ」

その申し出に彼女は頑なに首を横に振る。代わりに「ありがとね」とアカネは優しく僕に向かって微笑んだ。身体中が小刻みに揺れている。アカネを抱きしめたくて、足が今にも彼女の元へ駆け出そうとするのを必死に堪える。

「何が……？」

「全部だよ。それに最後までこんな私のわがまま聞いてくれて」

そう言った彼女がキュッと下唇を噛みしめるのがわかった。

彼女も少しは僕と同じ気持ちでいてくれているのだろうか。

「私、本当は……」

あ、このセリフ、前にも——。

僕は思わず目を上げて、彼女の言葉の続きを待った。

その時、どこかで車がキキーッと急ブレーキを掛ける音があたりに響き渡る。

開きかけていた唇を、固く結び直し、アカネは何かを決心するように小さく頷く。

「大ちゃんサヨナラ、……本当に大好きだった」

言い終えるとアカネはくるりと向きをかえ、いきなり走り出した。彼女の背中がどんどんと小さくなっていくのに、僕は耐えきれずに叫んでいた。

「アカネ‼」

ビクリと立ち止まり、恐る恐るアカネが振り返る。

「前にさ、アカネ言ったよねぇ⁉　私たちは運命だってぇ！　もしそうならさぁ、僕たちは今また同じ方向に向いて歩いてるってことないのかなぁ⁉　別々の道行くフリしてぇ、真逆の方向進んでるフリしてぇ、やっぱり、今僕はアカネのほうに向かって歩いてるってことなんじゃないのかなぁ⁉」

僕はアカネに聞こえるよう、叫んだ。

『私は大ちゃんと運命で繋がってると思うの』

そう言ったのはアカネだ。

アカネはあの時、確かに僕の存在にそう名前をつけてくれたのだ。

もし本当にそうなら、また巡り会えるのかもしれない。

今こうして離れることになっても、やっぱりまた僕たちはまた……。

「ずっと、僕はここにいるから‼　それだけは覚えておいて！」

アカネはしばらくの間、逆光にたつ僕を見つめていたけれど、そのうちまた僕を振り切るようにして駆け出していった。

今は、戻れない。
アカネが決めた道を、信じた道をまっすぐに進めばいい。
たとえ、彼女の行く先に、僕がいないとしても……。

イブの奇跡

アカネと別れてから、二ヶ月が経とうとしている。

僕は今月から一人暮らしを始めていた。

もしもの時、アカネがいつでも帰ってこれるように、と借りた部屋だった。

しかし、未だこの部屋にアカネが訪れたことはなく、この二ヶ月、アカネからの連絡は一度もなかった。

十一月が終わりに近づき、街には一足早くクリスマスムードが漂っていて、歩いているだけでどこからともなくジングルベルの音色が聴こえてくる。

正樹が美紀ちゃんとクリスマスを過ごす計画を立てているのを横目に、僕は聖なる夜を独り迎える予定だった。

アカネはどんなクリスマスを過ごすのだろうか。

元気にしているのだろうか。

病院にはちゃんと行ってくれただろうか。

何度も携帯のボタンを押しかけては、ギリギリのところで思《おも》い止《とど》まった。

後悔しないように、彼女が選んだ道なのだ。

僕が今更連絡をして、どうなると言うのだろう。

……それでも、もしいつかアカネが戻ってきたくなった時のために、最後の受け皿としてここで待ち続けることが、今の僕にこの世界に居続ける唯一の目的のようにも思えた。


僕が引っ越してすぐ、ばあちゃんが僕の部屋に移り住むことになった。

じいちゃんが死んで、一人で暮らすばあちゃんのことを母親が心配したのだ。

ただ、未来でばあちゃんが実家に引っ越してくることになったのは、もっと先のはずだった。未来の僕はまだ実家に暮らしていたから、出て行くのが早まり、ばあちゃんの引っ越しも早まったのだろう。

その日、早朝から僕はばあちゃんの引っ越しの手伝いに駆り出されていた。

業者のトラックで運ばれてきた、年季の入った家具をとりあえず和室に固めて置き、僕の部屋には大量の本が運び込まれた。

僕は庭先で、例のごとく天井までぴったりサイズの本棚を四つ作る。

どうせなら前に作ったやつよりももっといいものをと、木や金具一つ一つにまでこだわった。それらは正樹の父親からほとんどタダ同然の値段で譲りうけたものだった。

夕方には作り終わり、倒れてこないように部屋の壁と棚の裏をしっかり金具で固定する。そして山積みになった本をばあちゃんと手分けして棚に並べていった。

ふと、手に取った本に見覚えがあった。

あ、これってあの時の……。パラリと一ページ捲ってみる。

もしも、『後悔の旅』ができるなら、

僕はもう一度、七年前のあの日に戻りたい。

やはり間違いない。僕がタイムスリップしてきた時に手にしていたじいちゃんの本だ。

そこに書かれていたのは、まるで今の僕のことのように思えた。

徐々に早くなる鼓動を感じながら、もう一ページ捲ってみる。

時間など、この世に存在しない。
僕らに与えられたのは
〝今〟という瞬間の煌めきだけなのだ。

身体中に鳥肌が立つのがわかった。

開けてはいけないパンドラの箱。その鍵を手にしてしまったような不安と好奇心の間で僕はばあちゃんに尋ねた。

「ねえ、ばあちゃん。この本なんだけど……、こんな本じいちゃん書いてたっけ？」

ばあちゃんはちらりとこちらを見上げ、僕が手にしている本に気づくと、何だというふうに言った。

「あぁ、それかい。それはあんたの本だからねぇ」

思わず眉間に深いシワが寄る。

「え、僕の本……？」

「持って行きたきゃ、持っておいき」

「え……どういう……」

「……全てのことにはねぇ、タイミングってもんがちゃあんと決められてるんだ。必要な時に必要なものがきちんと手の中に入ってくるようにねぇ。知るべきことは、その時が来ればちゃぁんとあんたの耳に届いて来る。よぉく覚えておきなさい」

ばあちゃんはそれだけ言って肩をすくめてから、黙々と作業を続けた。


僕はもう一度、手の中の本に目を落とす。

『過去で君が待っている。』

まるでの僕の胸の内にある後悔のように、ずっしりとした重みがあった。

*

「どう思う?」

「何が?」

「だから本のことだよ。一体なんだってお前のじいちゃん、その本を書いたんだろう?」

仕事の休憩中、トラックの中で休んでいると、今ではすっかり僕よりも僕に起こった一連の出来事に興味津々になった正樹が興奮して推理を始めた。

「いくら考えたってわかんないよ。だってじいちゃんはもう死んでるし」

「読んだのか？」

「いや、まだ」

「なんでだよ？　さっさと読めばタイムスリップの真相がわかるかもしれないのに」

「そうなんだけどさ。読もうとはするんだけど、必ず何かしら邪魔が入るんだよ。よくわかんないけど、もはや読ませないように仕組まれてるみたいに」

「なるほど……」

正樹は何やら頷く。

「何だよ？」

「ってことはさ、お前は今何か見えない大きな力によって行動を制限されてるわけだ。多分、それを今はまだ読んじゃいけない理由があんだよ」

正樹にしてはなかなか頭が冴《さ》えている。

ふと、この間ばあちゃんに言われた言葉を思い出した。

『全てのことにはねぇ、タイミングってもんがちゃあんと決められてるんだ』

「理由って？」

「それはさ……ええと」

「それがわかんなきゃ意味ないじゃん」

僕はちらりと携帯に目を落とした。

「……なあ？　お前、なんか隠してんじゃねえのか？」

正樹は眉をしかめて僕を見ていた。

「何を？」

「最近やたらめったら携帯ばっか見つめちゃってよ」

アカネからの連絡を待っている、なんて言えなかった。

「別になんでもねえよ」

「……アカネちゃんのことだろ？」

僕は思わず口を噤んだ。

「なあ、お前がタイムスリップしてきた理由ってつまり、アカネちゃんのことなんじゃないのか？」

今日のこいつは妙に勘がいい。

「アカネちゃんとより戻しにでも来たんだろ？」

「……」

「それでまた別れてどうすんだよ？」

「まだ好きなら、北海道でもどこでも飛んでけばいいじゃねえか」

「……」

「なんで過去に戻ってきてまで行動起こせねえままここにいるんだよ？　なあ？」

好き勝手言いやがって。僕は正樹を睨みつけた。

「……何がわかるんだよ」

「わかんねえよ。わかんねえけどさ……」

刻々と迫ってくる〝あの日〟に内心焦っていたのだ。

僕はついに口を滑らせていた。

「……アカネは死んだんだ」

「……は？」

「死んだんだ。来年の一月に」

さすがの正樹も言葉を失っていた。

「だからアカネには、残りの時間を思うように生きてほしいんだ。僕が決めるんじゃダメなんだよ」

沈黙が僕らを包んだ。

やがて正樹が言った。

「……だから、戻ってきたのか？」

今までにないほど真剣な目つきだった。

「え？」

「それって結局、お前の過去で一度あったことなんだろう？　それで、後悔したから戻ってきたんだろう？　それならやっぱり変えるべきなんじゃねぇの？」

「変えろったって、そんな身勝手なことできないんだよ……」

正樹は一つため息をついて、再び僕を見やった。

「恋愛ってそういうもんじゃねぇのかな？　違うとわかってても止められないっていうか、身勝手でも、強引にでも繋がっていたいっていうか。アカネちゃんだって本当はそうしてほしかったんじゃねぇの？　気遣うよりも、強引にでも止めてほしかったんじゃねぇのかな、お前に。前に言ってたよな？　女は愛情を試すため〝別れたい〟って無茶苦茶なこと言うんだって。アカネちゃんは例外なのか？」

アカネは例外なのか？

自問自答した。

アカネは本当に僕のことが好きだったんだろうか？

そんなふうに彼女を疑ってしまう自分がやるせなかった。
だとしたら、あれはアカネの駆け引きだったんだろうか？
「信じてやれよ」
最後に正樹は言った。
それは前に僕が言った正樹への言葉だった。
ハッとした。
僕が戻ってきた理由は、もしかしてそれだったのかもしれない。
彼女はあの時、僕の言葉を待っていたのかもしれない。
僕が彼女を強引に引き止める言葉を。
だからこそ、最後の最後に僕に電話をくれたんじゃないのか……？

今すぐにでも追いかけたい自分がいた。

……けれど、違ったら？
今幸せだったとしたら？
いつまでも勇気のない自分がいるのもまた事実だった。

結局、僕はどうにもできず途方に暮れていた。

*

それは十二月に入ったばかりのことだった。

「加奈ぁ？　お客さん！」

私はママに呼ばれて目が覚めた。

こんな朝早く誰だっていうの？

今さっきまでベッドの中で微睡《まどろ》んでいた私は、その至福の一時を邪魔しに来た誰かさんへの怒りにかられながら玄関に出ていった。

「はい！」

思いっきり開けたドアの先に細い女の子を見つけて、思わず目を見張った。

「アカネ！　どうしたの⁉」

「へへ、来ちゃった」

「来ちゃったって……。昨日も電話してたじゃない？」

「北海道が寒すぎちゃって……ちょっと避難しに」

「もうなんにも言ってくれないんだから！　とりあえず上がって。もう驚かせないでよ！」

「だってさ、加奈にも会いたくなっちゃって」

「どっちにしたって一言くらい……」

アカネをよく見てみると、肩から下げたショルダーバッグの他に何も持っていなかった。

「荷物それだけ？」

「うん……ちょっと衝動的に来ちゃったから」

私はアカネを連れて部屋に入った。

「なんかまた痩せた？」

「うん、ちょっとまだ食べれなくて」

「ちゃんと食べてよね」

「アハハ、平気よ」

アカネは摂食障害という病を発症していた。

直接聞いてないけれど、前にママが同じ病気になったことがあったから間違いないと思う。この病気の人に無理やり食べろ、というのは逆効果なのだ。

余計頑なになって、食べられなくなってしまう。これだけガリガリになるまで食べることを我慢できるくらいだ、元々相当頑固な素質があるに違いない。

とにかく見守るしかない。

アカネもそれを望んでいるのだ。

そうして次第に自分の体形や、食べることに妥協できるようになって自分でも気づかないうちに治っている、というのが一般的、かつ一番好ましい治し方なのを私は知っていた。

時間はかかるが仕方がない。

誰が悪いわけでもない。

いつだって一番の敵は自分自身なのだから。

いよいよとなれば入院するしかないが、アカネは嫌がるだろう。

けれど今のところはまだそこまではしなくても済みそうだった。私はそう思っていた。

「で、なんで戻ってきたの？」

私は机の上に置いていたタバコを一本取り出して、火をつけた。

アカネはそれをぼんやりと眺めていて、私と目が合うとさっと俯いたまま黙ってしまった。

「木口くんでしょ？」

いじらしくなって私は言った。

「え？　なんでわかるの？」

目をまん丸くさせてアカネは顔を上げる。

「だって顔にそう書いてあるもの」

「うそぉ。恥ずかしいな」

「でも、なんで？」

「……」

「忘れられない？」

言い当てられてアカネは素直にコクリと黙って頷いた。

「じゃあ逢いに行けば？」

「無理だよ。だって私からさよなら言ったんだよ？　今更って思うわよ」

「じゃあ、なんで振ったのよ？」

「それは……」

アカネは一瞬呼吸を止めて喉を鳴らした。思いつめた様子にこっちまで胸が詰まった。

「私ね、大ちゃんがいつも心配してくれるのが嬉しかったの。だからわざと心配させたくなったりもした。今までそんな人いなかったから。でもグリがいなくなった頃からかな。どんどん大ちゃんに執着していく自分に気づいたの。親もグリもいなくて、私には大ちゃんだけだった。そしたら、嫌われたくないって思いばかりにいつも付《つ》き纏《まと》われるようになって。そんな自分が怖かった。もし、もし大ちゃんがいなくなったらって、考えただけで死にたくなるくらい。だから……私からさよならしたの。遠距離なんかになって、大ちゃんの心が私から離れていくのが怖かった。なのに……離れたらさ、むしろ前よりもっともっと大ちゃんに逢いたくなって」

「で、戻ってきたってわけ？」

アカネは黙って頷いた。

「じゃあ、どうするのよ？」

「うっ……」

そんなアカネを尻目に、私は灰皿に灰を落としながら言った。

「今更なんてないのよ、恋愛には。好きになった時が今なのよ。逢いたくなった時が今なの。恋する感情をコントロールしようなんて百年早いわ」

「加奈にもできないの？」

「できないわよ。正直、恋愛って未だになんだかわからない。だって恋愛してる時の私って私であって私じゃないもの。恥ずかしいことだって平気でしちゃうし、一種の魔法よね。魔法が解けたら一気に冷めちゃったりしてね」

「でもさ……」

「ん？」

「なんでか大ちゃんに対する気持ちはそういうのとはちょっと違うって思うんだ。運命って、多分こういう気持ちのことを言うのかな……って、今更遅いけど」

　アカネは静かにそう言った。

「だから、いい？　今更なんてないんだってば。今更っていうのは、今更恥ずかしくて、カッコ悪くてできないって意味でしょう？　カッコよく恋愛しようとか、そんなこと考えてたって無駄なのよ？　恋愛してる時なんて皆カッコ悪いわ。アカネが矛盾だらけで、それでもやっぱり木口くんに逢いたくなって戻ってきたことだって、恋愛ならよくある話よ。明日できることは今日やれ、とまでは言わないわ。そんなことしてたら切羽詰まってしまうもの。でもね、私たちが生きている時間は、今日でも明日でもない〝今〟なのよ。私たちは今の中でしか生きられないの。わかる？　今更なんてことはないのよ？　いつも今なの。なんだってできるわ、今さえあれば。ね、そうでしょ？」

「今……」

アカネはポツリと呟いた。

それからしばらくベッドの上でクッションを抱えて黙っていたかと思うと、また不意にポツリと言った。

「……大ちゃんね、耳の後ろにホクロがあるの」

「何それ？」

「右耳の後ろ。……きっと大ちゃんも知らないわ」

「ふうん、だから？」

そんな話を私にして、一体なんだっていうのだろう。

「……別に。あるのって話」

「……まあ、アカネがこのまま彼に会わずにいる間に、そのホクロを他の女が見つけ出しちゃうかもね？」

アカネが恨めしそうに私を睨む。それは、私が初めて見るアカネの表情だった。

結局それから一週間、アカネはいつまで経ってもうじうじと煮え切らず、私の家から出ようとしなかった。

衝動的にやってきたにもかかわらず、肝心なところで躊躇《ためら》うのがアカネらしい。

それでもついに、一週間後、明日できることは今日やれ、と言ってアカネを追い出した。

いつまで経っても「いずれやる」では、今がいくつあっても足りやしない。

「逢えるまで帰ってきちゃだめよ」

「加奈ぁ」

「だめ！」

アカネはずっと不安そうに私を見つめていたけれど、私は顎をしゃくって急《せ》き立《た》てた。

とぼとぼと歩きだすアカネ。

本当に細くなっちゃって。頼りないアカネの背中を見送った。

しばらくしてインターホンが鳴った。

アカネが引き返してきたんだろう。門前払いするつもりで玄関に出ると、

「アカネ！　だから逢うまでは……！」

そこにはアカネではなく、切羽詰まった顔をした木口くんが立っていた。

＊

未来でのアカネの最期の日まで、あと一ヶ月半。
僕はありったけのお金と、携帯を握りしめて家を出た。
北海道まで逢いに行こうと決めたのだ。
本当は別れてからずっと逢いたかった。
毎日逢いたかった。
アカネのあの肩に、あの頬に、あの髪に、あの唇に、もう一度触れたい。
我慢するのはもうやめた。
自信があった。いや自信を持つことに決めた。
彼女と過ごした時間はきっと嘘なんかじゃなかったはずだ。
そこには僕らだけの宝物が溢れていた。
彼女が笑うたびにそれは宝石に変わって僕の心を輝かせる。
きっと、彼女だって同じように感じてくれていたはずだ。

けれど、僕はアカネの居場所を知らなかった。

きっと知っているのはあの子だけだろう。未来で何度か見送った道順をなんとかして思い出した。

インターホンを鳴らすと、まるで訪問を知っていたみたいに勢いよくドアが開かれた。

「アカネ！　だから逢うまでは……！」

加奈だった。

困惑した顔で僕を見つめている。無理もない。彼女からすれば、僕とはまだほんの一瞬顔を合わせたことがある程度なのだ。

「なんで木口くんがここに……え、ていうかなんで私の家……」

「アカネの居場所教えてくれ！」

僕は彼女の言葉を遮るように言った。

「え？」

「アカネが今住んでるところ教えてくれ！」

「アカネならさっき……」

「さっき？」

「家を出てったけど……」

「家ってここ？」

「そう」

「こっちに来てるのか⁉」

思わず声が大きくなった。予期せぬ距離に心臓が高鳴る。

「うん、ちょっと前に来たの」

「い、今はどこへ行ったんだ？」

上手く喋れない。今一番困惑しているのは、加奈じゃなくて僕のほうだろう。

「わからない、そのうち帰ってくると思うけど……」

そこまで聞いて僕は走り出した。

「ちょっと！」

そんな加奈の声が遠くで風にかき消されていった。


直感した。

きっと、あそこにいるはずだと。

そして、僕を待ってくれているはずだと。

亀のようにゆっくりとホームに停車した電車から我先にと飛び出して、改札を走り抜ける。

耳元で風を切る音がした。僕は今、風よりも速いのだ。

駅を出て左にまっすぐ、交差点の脇道を右に曲がって少し走ったところ。ついに僕は、あの桜並木に辿りついた。

僕達が出会い、別れた場所。

そして、今また……。

遠くに人影が見える。

細い足、胸まで伸びた栗色《くりいろ》の髪、あの白い肌、耳たぶに光るゴールドのピアス。

近づいていくにつれて、僕の心臓の音がどんどん大きくなっていく。

そして体中をのみ込んだ。

——運命は変わったのだ。

足音に気づき彼女が振り返る。

首元であのネックレスのピンク色の石がキラリと光っている。

「大ちゃん……」

ああ、アカネだ——。

僕の鼓動を一気に鎮めたその声は、穏やかな、優しい響きに満ちていた。

「アカネ、どうして？」

アカネは少し考えていた。

それから思いついたように僕に向かって「久しぶり」と挨拶した。

そして、

「忘れられなかった」

と彼女は言った。

時のない世界

どれくらい眠っただろう。

つけたままになっていた腕時計で時間を確認する。

午前二時半。開けっ放しだったカーテンの外はすでに暗い。

アカネが家に来た時にはまだ明るかった空はもうすっかり夜の顔に変わっていた。

アカネは僕の腕の中でまだ眠っている。

露出した彼女の肌は満月に照らされて、青白く滑らかに見える。

僕はそっとアカネから腕を抜いてベッドを下りた。

脱ぎ散らかした服や下着を着てベランダに出ていき、一人タバコに火をつける。

タバコをくわえながら、僕は柵を背もたれにして部屋のベッドで寝ているアカネを眺めていた。

こんな未来を、僕は知らない。別れたまま永遠に会えなくなってしまうはずだったのに、僕らは再会し、こうして同じベッドで眠っている。

夢でも見ているようだった。

六年間ずっと叶うことのなかった夢の光景の中に今、僕はいるのだ。

そしてここからは、未来とはまるで違う過去ということになる。


朝の眩《まぶ》しい光にアカネがしぶしぶといった表情で目を覚ます。

僕はキッチンでコーヒーを淹れながらそれを見ていた。

一瞬どこだかわからなかったらしい。彼女はきょろきょろ周りを見渡して、僕に気づくとホッとしたような顔で、「おはよう」と言った。

今までに経験したことがない、穏やかな朝の始まりだった。


僕が仕事の時、アカネはずっと家にいて僕が仕事終わりに借りてくる映画のＤＶＤやテレビを観て過ごしていた。大学も辞め、今は仕事もしていない彼女は、僕が帰ってくるとまるで主人の帰りを待っていた子犬のように、目に見えない尻尾をはちきれるほどにふって喜んだ。

「おかえり」と迎えてくれるアカネがいるだけで、一日の疲れが嘘のように吹っ飛ぶ。

こんな生活が永遠に続けばいい、と僕は思った。

時には料理を作って待っていてくれることもあったが、アカネはやっぱり、食事だけはまともに食べてくれなかった。

あっちで病院には行ったのかと訊くと、アカネはうん、と頷いた。

「ダイエットのせいで、体がボロボロなんだって」彼女は笑いながら言った。「確かに、最近不整脈っていうの？　地震だ！と思ったらそうじゃなくて、自分の心臓が暴れてただけみたいで」

「一緒に病院に行こうよ？」と言えば、大ちゃんが仕事してる間にちゃんと行ってるから大丈夫、の一点張りで頑なに一緒に行こうとはしなかった。

それでも彼女が病院にはちゃんとかかっているというので、僕はそれを信じることにする他なかった。


アカネがこっちに戻ってきて三週間、ついにクリスマスイブがやってきた。

しかしどうしても抜けられない現場を抱えていた僕は、夜遅く、ギリギリで調達したクリスマスケーキを抱えて家に戻ると、部屋の中は真っ暗だった。

「アカネ？」

手探りでスイッチを押し、電気をつけると、ベッドに腰を下ろしたアカネが深刻そうな顔で俯いていた。

「わっ、びっくりした。電気もつけないでどうしたの？」

コートを脱ぎ、ケーキをテーブルの上に置いてアカネの前に立つ。

「……ねえ、大ちゃん」

「ん？」

屈んで、アカネの顔を覗き込む。

「大ちゃんはさ、タイムスリップしてきたんでしょ？」

予想外のその言葉に、思わず面食らってアカネを凝視した。

「言ってたじゃない。『僕は未来からタイムスリップしてきたんだ』って」

「それは……」

なぜ改まってそんなことを言い出したのかわからず、僕は混乱した。

「大ちゃんは大事な時に嘘なんかつけないじゃない。考えてみたら今までにも何度かおかしいことがあったわ。ね、そうなんでしょ？」

どう答えていいのかわからず口ごもる。

「どうして戻ってきたの？」

息が詰まった。一体どう説明すればいいのだろう。

悩む僕の顔を見てアカネは何かを悟ったように微笑んだ。

「……未来に……私はいないのね？」

「いや……」

「私、死んだの？」

「そんなわけないよ！」

僕は声を荒げて否定した。そして嘘をつくのが下手な自分につくづく嫌気がさした。

「嘘つき。わかるんだから。知ってた？　大ちゃんって嘘つくと目がすっごく泳ぐの。それに未来に私がいるなら未来で逢えばいいじゃない。違う？」

何か上手な言い訳を探さなければ、という焦りとは裏腹に、僕は押し黙ったままだった。

「……でも、なんとなくわかるのよ。最近ね、よく胸が苦しくなるの。ろくなもの食べてないし、きっとそのせいもあるんだと思う」

「なら早く病院に……」

「行ったわよ。でも……それで未来は変わるの？」

アカネの目はまっすぐに僕の目を捉えた。

まるで僕の身体を透かして、さらにその奥まで見透かされているような、そんな視線だった。

「それは……でもその可能性だってゼロではないはずだよ」

「私の死因は何なの？」

「……急性心不全」

やっぱりね、と彼女は何か納得したように頷いた。

「だから、今から入院でも何でもして、そうならないように……」

「……もし本当に死ぬなら、入院なんかするよりも、一秒でも惜しんで大ちゃんの目を見ていたいし、触れていたい」

その言葉に胸がぎゅっと締め付けられた。

「アカネ……」

「私ね、あっちから衝動的に飛び出してきたの。なんだろう、今のままじゃ取り返しがつかなくなるってなぜか思ったのよ。きっと虫の報《しら》せってやつね」

僕は狼狽した。

「……私いつ、死ぬの？」

「言えない」

「教えて、お願い。私、しなくちゃいけないことがたくさんある」

今まで淡々と話していたアカネの口調が、頼りなさげに震えている。

「お願い。私……、もう後悔したくないのよ」

一体何が正解で、何が間違いだったのだろうか。

何がアカネを傷つけて、何がアカネを癒やしてくれるのだろうか。

僕にはもうわからなかった。

ただアカネは後悔することを恐れていた。

僕と同じように取り返しのつかなくなる後悔を彼女も抱えていたのだ。

僕は……、肝心なところで嘘がつけないらしい。

「……来月の十五日だ」

アカネはビクッと肩を強張らせ、しばらく黙っていた。

それから彼女はまるで生まれたばかりの子供のように泣いた。泣いて、泣いて、泣いて、泣いた。

この細い体のどこにそんなに涙をためておける場所があったのだろうと不思議に思うくらい、彼女は僕の腕の中で涙の海に溺れていた。

その肩を壊れるくらいに抱きしめて、僕はただ涙をこらえた。

泣き疲れてようやく眠りについたアカネのそばを離れ、テーブルに置きっ放しになっていたケーキを冷蔵庫に押し込む。ため息がでた。

本当にこれで良かったのだろうか。

真実を伝えることが、必ずしも正しいこととは限らない。

タイムスリップしてきたのを口走ったことを僕は後悔していた。

けれど、同時にこの後悔はまだ取り戻せるはずだ、と思えた。

なぜなら彼女は、今、生きているのだから。

死んでしまった後では何一つしてやれなかったことも、今の僕ならできる。

結果が吉と転べば、この後悔だって拭い去ることが出来るのだ。

僕は帰ってきた時アカネにバレないように、玄関の外に置きっ放しになっていたものを部屋の中に引き入れる。どうしても今日、アカネにしてやりたかったことがあったのだ。

ほとんど眠れず目を覚ますと、アカネが僕にしがみつくように眠っていた。

髪を撫でてやる。ふと、それに気づいたアカネがまだ開ききらない瞳を手でこすりながら、

「もう、朝なの？」

と呟いた。

僕はさりげなく彼女の後ろに視線をうながした。彼女が不思議そうにその視線を辿る。後ろを振り返った途端、彼女は悲鳴にも似た歓声をあげた。

彼女の枕元には、大きなクマのぬいぐるみが置かれていたのだ。

もちろん僕の仕業だった。

クリスマス・イブの夜、仕事帰りに近所のおもちゃ屋に寄って買ってきたのだ。

アカネの泣き腫らした目から、またポロポロと涙が流れた。

「ありがとう、大ちゃん」と彼女が言った。

「僕じゃないよ。サンタが来たんじゃないか？　クリスマスだったから」

白々しい嘘にも彼女はクスクスと笑ってくれた。それがおかしくて、可愛くて、愛しくて、僕は彼女を抱きしめた。

それからお互いの存在を確かめ合うようにキスをした。

涙に濡れる頬に、瞼に、そして唇に。

その柔らかな感触は涙に濡れて少ししょっぱかった。

「愛しているよ、過去も未来も今も全てで君を愛してる」

誰かに「愛している」と言ったのは、生まれて初めてだったと思う。

今まで照れくさくて言えなかったけど、今はそんな感情は少しもない。

それよりも、胸に差し迫るこの想いをどうにかアカネに伝えたくて。むしろ「愛してる」って言葉なんかでは全然足りなかった。


起きて、二人でケーキを食べた。彼女はほとんど食べなかったけれど、美味しいと顔を綻ばせた。

彼女が久しぶりにコーラを飲みたいと言うので、外に出てコンビニに向かった。

コーラを買い、帰り際ポケットに入れていたタバコに火をつけ、灰皿の横でそれをくわえる。

彼女はすぐ隣にしゃがみ込み、僕のタバコを見つめた。

彼女の口から白い息が漏れている。

僕の胸はキュッと締めつけられた。

「私、この時間がすごく好き」

僕の心を読んだのかと思うほど、僕らは同時に同じことを感じていたのだった。

「僕もそう思ってた」

するとと彼女はフフッと微笑んだ。

「もう一ヶ月もないのか……」

切なげにそう呟く彼女の横顔に、僕は頭で考えるよりも先に口走っていた。

「……僕も一緒に逝きたい」

本心だった。またアカネがいなくなる生活が続くくらいなら、目の前でアカネが死んでいくのを見るくらいなら、いっそロミオとジュリエットのように愛に包まれて一緒に死んでしまいたかった。

「え？」

「もしアカネが逝くならその時は……」

そう言いかけ、アカネはおもむろに立ち上がった。

「やめてよ！」

その言葉の強さに、僕はつんのめるようにして口を噤んだ。

「そんなこと言われて私が喜ぶと思うの？　大ちゃんがそんなことしたら誰が私を見送ってくれるっていうのよ？」

「ごめん、そんなつもりじゃ」

「わかってる。わかってるけど……大ちゃんはもっと自分を大切にして。私を想ってくれるように自分を大切にして」

そう言われて僕はなんて言えばいいのかわからなかった。

自分を大切に？

アカネがいないのに自分を大切になんて言っていられるか。

それが本音だった。

アカネの言葉は綺麗事《きれいごと》のように思えて、どうしたって僕には受け止められそうにない。

僕は深くため息をついた。

「世界中の皆が『せーの』って死んだらさ、悲しみなんてなくなるのにね」

僕がそう言うと、

「……バカね。それでも、その瞬間は世界中が悲しむじゃない」

彼女は空を見上げながら、呟くようにそう言った。

ふと、僕はあることを思い出した。

「……なあ、一つ訊きたかったことがあるんだ」

「なあに？」

「タイムスリップする前、アカネが…その…最期を迎えた時、最後に僕に電話していたみたいなんだ。でも、その電話に出れなくて。後悔と一緒に、ずっと電話をくれたアカネの気持ちを考えてた。って今のアカネに話したってわからないよな。ごめん忘れてくれ」

「わかるわよ」とアカネは言った。

「え？　なんで？」

「それは……、言わないでおく」

横顔の彼女は、まるで世界の全てを悟った女神みたいな、そんな柔らかな表情で微笑んでいた。それがやけに美しかった。


その日は昼から二人で出掛け、ベビー用品を買いに行った。

母に贈るのだと言って、レースのベビーシューズと、一冊の絵本を買った。彼女が一番お気に入りの絵本なんだと言っていた。

次の日は加奈にプレゼントだと言って散々迷ったあげく、チェーン状にストーンが繋がれたピアスを選び、さらに次の日は彼女が観たがっていた映画を観に行った。

読みかけだったという分厚い小説も読み切っていた。

新年を迎える瞬間にキスをしたり、初詣にも二人で行った。アカネの保育園、小学校、中学校を巡ったり、アカネがバイトしていた喫茶店にも入った。

僕たちはたくさんの言葉を交わし、笑い合い、時には言い合いもした。そして仲直りのキスもした。

当然のことながらアカネは未来の話も聞きたがった。

僕は七年後の未来までの話をし、アカネは楽しそうにそれを聞いていた。

「もし、大ちゃんがタイムスリップして戻ってきた場所が、今よりずっと前の過去だったらどうしたの？」

思いついたようにアカネが言った。

「そしたら、アカネが生まれてくる日まで待ってるさ」

冗談じゃなかった。

きっとそうしていたに違いない。

「そうじゃなくて、ずっとずっと過去よ」

「それでも何度だって生まれ変わってアカネを待つさ」

アカネの顔がみるみる熟していく。

「いつからそんなにロマンチストになったのよ？」

「それは多分、アカネにもう一度出逢ってからだ」

時間はあっという間に流れていく。

不思議なことに彼女の死が迫っていることを強く意識することはなかった。カレンダーをできるだけ見ないようにしていたせいもあるが、それだけ僕らが過ごした時間は、ありふれた、ごくごく普通の幸せだったのだ。

＊

一月十三日。

突然、アカネはこんなことを言い出したのだった。

「私ね、お墓参りって行ったことないの。ほら、私、親戚もいないから。その、もしよかったら大ちゃんのおじいさま、一年前に亡くなられたでしょう？　私、そこに行ったら迷惑かな？　一度してみたかったんだけど……ってこんなこと言って不謹慎よね」

「え、そんなことならもちろん構わないさ。でも、別に楽しいもんじゃないぜ？」

「えっ、本当？　やった、嬉しい！」

何がそんなに嬉しいのかわからなかった。

ただ、墓石を掃除して、花を供えて、線香をつけて、拝むだけだ。楽しい要素なんか一つも含まれていない。

僕は彼女を連れて仕方なくそこにやってきた。

じいちゃんの墓はなかなか立派だった。両手をいっぱいに伸ばしても抱えきれないくらい大きい。

桶《おけ》に水を入れて、手をキンキンに冷やしながら雑巾《ぞうきん》をしぼり、砂埃《すなぼこり》を落とす。

何度か来たことはあるけれど、家族以外とここへ来るのは初めてだった。

彼女も手伝ってくれて念入りに磨いた。

その真剣な面持ちに思わず笑ってしまいそうになるのを、じいちゃんの手前、どうにか耐える。それから彼女が選んで買ってきた明るい花を供え、線香に火をつけた。

「このタイムスリップはじいちゃんの仕業なのか」僕はじいちゃんに心の中で訊いてみたけど、もちろんじいちゃんからは何の返事もなかった。

先に手を合わせ薄目で彼女の様子を窺うと、彼女は僕のしぐさをじっと見つめていた。

僕が終わると、今度は彼女が墓前に立つ。一呼吸した後、同じように手を合わせた。

何を話しているのだろう。それも死んだ僕のじいちゃんに、だ。自己紹介でもしているのだろうか。

奇妙な光景ではあったが、不思議とそれはいつまでも見飽きない優しさに包まれていた。

彼女が目を開けたのと同時に、僕はそれを尋ねた。

「やだ、内緒よ」

「いいじゃん、少しくらい」

彼女はそれでもなおためらっていたけれど、そのうち静かに口にした。

「……その時はよろしくお願いしますって」

「その時？」

彼女は黙っていた。けれど、その沈黙ですぐに悟った。

僕はもう一度じいちゃんの前で手を合わせ、心の底から祈った。

——その時は、僕が行くまでアカネをどうかよろしく頼みます。

僕が顔を上げると、アカネはおもむろに片方の耳からあのピアスを外して、線香皿の下に隠すように置いた。

「こんなとこに置いてってどうするんだよ」

するとと彼女は笑って言った。

「大ちゃんのおじいちゃんに、これを頼りに見つけてもらうのよ」

僕は初めてじいちゃんに少しだけ嫉妬した。

アカネはその時をできるだけいつも通りに過ごすことを選んだ。

僕の最後の頼みだ、とどうにかアカネを病院に連れていったのは昨日のことだった。明日に迫ったその日を前に、どうしても大丈夫であるという証拠が欲しかったのだ。結局、アカネは渋々、自分のためにではなく、僕自身のために病院についてきてくれた。

医師の診断から、僕は初めてアカネの病名を知った。摂食障害。

初めて聞く病名だった。平然としていたアカネはきっとすでに知っていたのだろう。痩せすぎではあるが緊急入院を要するほどではないと医師は言った。それでも入院することは可能だが、それはあくまで任意だということだった。もちろん、アカネが首を縦に振るわけがなかった。

今はまだ大丈夫という医師からの言葉にすがりつくような思いで、微かな安心を抱えて、アカネと共に家に戻った。

最後に旅行に行きたいとか、遊園地に行きたいとか、飲んだくれたいとか、そういうのは余計に死を意識しているみたいで嫌だと、彼女は明日のために僕が考えた提案を一切拒否した。


十五日の朝――。

僕は携帯の電源を切り、部屋の時計の電池を抜き、腕時計を棚の奥にしまい、カレンダーを外した。

途端にこの部屋の中に〝時間〟が存在しなくなった。

僕はベッドに潜り込み、彼女は隣で上半身を起こしたまま、僕のスウェットを着てテディベアを見つめている。その視線をどうにか僕に向かせるため、彼女の腰辺りに手を回して抱き寄せた。

「ねえ、大ちゃん」

「ん？」

「お腹すいちゃった」

「なんか買ってくる？」

彼女は振り返って僕を見ると、首を傾げて言った。

「大ちゃんがなんか作ってよ」

コーヒーを淹れるのには自信があったが、料理なんてほとんどしたことがない。作ったことがあるものといえば、炒飯《チャーハン》と僕の好物のジャーマンポテトくらいなものだ。

「僕、料理なんかできないよ」

「適当でいいから、ね？」

いつもなら断っているところだが、今日のアカネの頼みとあれば、それは絶対的なものだ。僕は頭をかいて、しばらく考えて、しぶしぶ台所に立った。

冷蔵庫を開けてみる。

いつもコンビニ飯ばっかり食べているけれど、米だけはどうしても自分で炊かないと気が済まない。ちょうど昨日炊いたご飯のあまりと、卵、チルド室にはウインナーと、野菜室に玉ねぎがあった。アカネが前に僕に作ってくれた晩飯の残り物だ。とりあえず、炒飯で決まりだった。

深めのフライパンに油を垂らし、玉ねぎとウインナーを炒《いた》め、卵を溶いて流し入れる。それから冷やご飯を投入し、醬油《しょうゆ》、塩コショウで味を付ける。

ふとアカネを見てみると、まだ眠たいのか大きなあくびを手で隠して、目をこすっている。

窓から入り込む日差しに細い髪の一本一本がキラキラと反射して輝き、天使の輪っかができている。胸がドクンと波打った。

まるでもう迎えが来ているのかと思うほど彼女は透明に見え、今にも光に包まれて消えてしまいそうに思えた。

目の奥がじんと熱くなっていく。

慌てて炒飯に目を戻してみても、もうすでに我慢が利かず、一粒の涙がポトリと炒飯の中に落ちていった。

火を止め、近くに置いていたタオルでどうにか涙を拭き、桜模様の皿を出して二人分盛りつける。深呼吸して笑顔を作り、それぞれの皿にスプーンをのせて部屋に戻った。

「おまたせ」

「わー美味しそう」

「言っとくけど、味の保証はないぞ」

「いいの、大ちゃんが作ったものが食べたかっただけだから」

一応、確認するために僕は先にひと口食べた。涙で味付けされた炒飯は少ししょっぱかった。

「ちょっと、しょっぱいかな」

「いただきます！」

アカネは手を合わせてから、スプーンを持って少なめのひと口を口に運んだ。

僕は息をのんで彼女を見つめる。

「……美味しい」

そう呟く彼女の目が微かに潤んでいるように見えた。

「本当？」

「うん、美味しい」

それから彼女はもうひと口食べた。

またひと口、またひと口。

皿の底に描かれた桜の花が少しずつ姿を現した。

彼女が自分から「お腹がすいた」と言ったのはものすごく久しぶりだった。もうずっと、本当にちょこっとパンをかじるだけとか、うさぎの餌みたいなキャベツをかじったりするだけだったのだ。

僕が食べ終わってからさらに十五分くらいかけて、彼女も全て綺麗に平らげた。

「ふぅ、お腹いっぱい」

「全部食べれたじゃん」

「うん、食べちゃった」

彼女はへへっと鼻をすすった。

「……ねえ、大ちゃん」

彼女は膝を抱え、自分の足の指先を見つめながら言った。

「ん？」

「……私、やっぱり怖い」

食器を片づけようとしていた僕の手が、一瞬にして硬直した。

「アカネ……」

どうしたらいいのかわからなかった。

「色んなものと別れるのが辛くて怖いんだ」

その時、改めて実感した。

死とは、大切なものとの〝別れ〟であるということを。

「でもね、思うんだ。別れが辛いのは、私の人生が大成功した証《あかし》なんだって。一番怖いのは、別れがちっとも辛くないことなんだよ。だから私は、一番怖い思いをしなくて済んだんだ。だからね、大ちゃん……」

アカネの横顔がみるみる涙で濡れていく。

そんなアカネの肩を思い切り抱き寄せた。

「それ以上言わなくていい。大丈夫だから、アカネは絶対死んだりしないから……」

「大ちゃん……」

泣くまいと思っても、僕の目に涙が滲んでくる。それをアカネに見られないように、強く強くアカネを抱きしめた。

「忘れないで……」

「忘れるもんか！　一生忘れることなんて……」

「違うのっ」

アカネは手を突っ張って身を離すと、じっと僕の顔を見つめた。

「泣いてるの？」

「ごめん……、アカネが一番辛いのに」

「……大ちゃんも別れが辛い？」

僕は黙って頷くと、アカネは僕の胸に手を当てて言った。

「忘れないで、大ちゃん。大ちゃんの隣に私がいたように、私の隣には、いつでも大ちゃんがいたんだよ。心はいつでも繋がってた。こないだ、未来で私が最後に大ちゃんに電話してたって言ってたよね？　私は大ちゃんを忘れられなかったんだよ。それはタイムスリップする前も後もきっと変わってない。ねぇ、大ちゃん？　きっと、タイムスリップなんてする前から、大ちゃんの人生は少しも間違ってなんかなかったんだよ。それを知らせるために神様は、大ちゃんにこんな仕業をしたんじゃないのかな？　私がいなくなっても時は過ぎていくけど、一緒にいた時間は少しずつ遠い過去に変わっていくけど、それでも過去は消えたりしないから大丈夫だよ、大丈夫……私、大ちゃんと出会えてすごく幸せだったから」

アカネはそう言って、笑った。

笑ったのだ。

僕はただ呆然《ぼうぜん》と彼女の言った言葉を頭の中で繰り返していた。居たたまれなくなって動揺を隠すように、おもむろに汚れた皿を持って台所へ行った。

手がカタカタと震えていた。

怖かった。

言葉では言い表せない恐怖だった。

僕は深呼吸をして震えが鎮まるまで、そこにいた。

少し落ち着いてから、皿を片してコーヒーを淹れた。

戻ってみると、彼女はまたベッドに戻り、テディベアを抱えて静かに寝息を立てている。コーヒーをテーブルに置いてベッドの脇に座り、彼女の顔にかかった髪を一束かき上げてみる。

丸みを帯びた額にそっとキスをした。

「大丈夫……か」

彼女はもうすぐ消えてしまうのだろうか。

そうなったら、僕は一体どうなってしまうのだろう。

このままこの過去の中で生きていくのだろうか。

彼女を想い続けながら……。

彼女の首の下に腕を通して腕枕をしてやると、彼女の顔が穏やかに微笑む。

僕は目を瞑った。

今は何も考えられなかった。

――夢を見ていた。

起きた瞬間に忘れてしまったが、楽しい夢だったような気がする。

気づくと外はすっかり暗くて、慌てて起き上がった。

そうだ、時計は全て隠してしまった。

けれど外の暗さだけは隠しきれなかった。

隣に眠るアカネに目を向けた。

彼女はまだ眠っている。僕は胸を撫で下ろした。

腕を抜き、立ち上がってテーブルの上に置かれたままのコーヒーをひと口飲んでみたがすっかり冷めていて、ただ苦いだけの不快な味がした。

仕方なく二つとも片づけて、新しく豆を挽《ひ》いた。

湯が沸くのを待っている間に、もう一度ベッドに眠る彼女の隣に腰を落とす。

静かに眠っている。そう思った。

けれど、何かが違っていた。さっきまで聞こえていた寝息が消え、それはまるで横たわる人形のように見えた。

僕はそっと彼女の髪をかき上げる。触れた彼女の頬の冷たさに、僕の手が止まる。

「……アカネ？」

返事はない。

「アカネ！　おい！」

体を揺すってみても、やはり返事はない。

と、彼女の手がベッドから力なくだらりと垂れ下がった。

体中から血の気が引いていく。

あまりに突然のことで僕は事態が把握できなかった。

いや、わかっていたのかもしれない。

それでもまだ間に合う気がしている。

アカネは今の今まで生きていたのだから。

だから、こんなふうに呆気なく逝くはずはないと、何度も自分に言い聞かせる。

携帯電話の電源を入れ、１１９番に電話をした。

その時の僕は自分でも恐ろしいほどに冷静だった。

時間は十九時二〇分。

まだ夜が始まったばかりだ。

彼女はまだ大丈夫、大丈夫――。

きっとまだその時なんかじゃない。

そんなことあっていいはずがないんだから——。

それから数分後にやってきた救急隊員によって、アカネは病院に運ばれた。運ばれた病院でアカネがされたことは死亡確認だけだった。

医師たちが病室を去っていく中、僕は静かに横たわるアカネの隣に立ち尽くした。いつもと変わらない寝顔。しっかりと瞑られた目は今にも開いて僕を見つめ、結ばれた口が今にも僕の名前を呼んでくれそうに見えた。

「アカネ？」

やはり返事はない。

投げ出された手をそっと握ってみる。

冷え症の彼女はいつも手と足が冷たかった。

今日もいつものように冷たい。

けれど、あの柔らかな感触も、握り返してくれるあの温《ぬく》もりも、今は感じられなかった。

「……目を開けてくれよ、頼むから……」

アカネは本当に眠っているようだった。

「……なあ、どうしたっていうんだよ。さっきまで飯食って笑ってたじゃねえかよ」

揺すっても、叩いても、アカネは起きない。

彼女は独り、どこまでも眠りに落ちていく。

それは底のない永遠の眠りだった。

わかっている。

二度目なのだ。

アカネは本来戻るべきところに帰っていった。それだけのことだ。

また再び、僕を置いて。

「なんでだよ。……なんで二度も逝っちゃうんだよ！　なぁ、アカネ！　アカネェ！」

届かない。

どんなに声を張り上げても、もうアカネには響かない。

寝息も、あくびも、朝眩しそうに目を開け目覚める顔も、二度と隣で見ることは許されない。死とはそういうものなのだ。

寂しさや、苦しさや、悔しさや、絶望が僕の中にみるみる溜まっていき、それは怒りにも似ていて、誰かが僕に火をつけたら散弾銃のようにいまにも爆発しそうだった。

これはきっと夢だ。

夢に違いない。

とにかく今は目を瞑ろう。

もう一度眠ろう。

そうすればきっと……。

アカネの手を握りしめたまま、僕は目を閉じた。

目の前の全てのことを忘れようとした、その時。

夢路の視界がグニャリと歪んでいった——……。

過去で君が待っている。


「……――雄大！　雄大！」

――誰かの声がする。

アカネだろうか。

そうか、やっぱり夢だったのか。

アカネはまだ生きているんだ。

僕は重い瞼をゆっくりと開いた。目を突き刺す部屋の照明に思わず目が眩んでパチパチと瞬きを重ねる。

「大丈夫？」

「ん……」

「すごいうなされてたけど」

ようやく脳みそが機能し始める。そして耳の中で止まっていた声を頭へと送り込み、一から復唱する。

雄大……雄大……。

ハッとして僕は飛び上がった。

最初に目に映ったのは『レオン』のポスターだった。

「ここどこ？」

「どこって家じゃない」

そこにいたのはお袋だった。

アカネじゃない。

アカネがいない。

「僕……」

「すごくうなされていたわよ。リビングまで聞こえてきたわ。大丈夫？」

辺りを見回した。

一人暮らしの家じゃない。実家だ。

僕は戻ってきたのか？　まさかまた一から……？

「……今って何日？」

「ええっと……」

お袋はエプロンのポケットから取り出した携帯電話を開いた。

「一月一〇日だけど……？」

「何年？」

「二〇一六……じゃなくて、二〇一七年になったところよね」

そこは、もともと僕が生きていた未来だった。

ここが二〇一〇年じゃないということは、一からではない。

僕がタイムスリップした日、またここに戻ってきたんだ。

違和感から、僕は腕に目を落とした。

「あ……れ？」

「どうしたの？」

「腕時計がない……」

「腕時計なんていつもしてないじゃない？」

「そんなはずない。いつもして……」

そう言いかけて僕は口を止めた。

「まさか全部、夢……なのか？」

「どんな夢見ていたの？」

「そんな……全部夢だったっていうのか？」

「雄大？」

僕はお袋の携帯を奪い取り時間を見た。

——３時20分。

あの時、夢にうなされて起きた時間だ。

ということはやっぱり全て夢だったのか……？

アカネと過ごした僕の家が脳裏に蘇る。

そうだ、あそこに行けばなにかわかるかもしれない。

僕は慌ててベッドを抜け、コートすら羽織らずに部屋を飛び出した。


車に飛び乗り、猛スピードであの家を目指す。外はまだ暗闇に包まれていて、それが余計に僕の不安を煽った。

「夢だなんて……夢だなんて……」

静かに呟きながら、あの場所に辿りついた。

愕然とした。そこにはマンションなど存在してなかったのだ。

膝がガクガクと震えている。

唇も、手も、心臓も、それぞれがバラバラにそして小刻みに震えている。

そして今の今まで感じてなかった一月の突き刺すような寒さまでが襲ってくる。

僕が過ごしたあの一年はなんだったのだろうか。

全てが夢で、僕はずっと寝ていただけだというのか？

しかし、すぐに思い直す。いや違う。だって、未来の僕は加奈と住んでいたはずだ。

やっぱり未来は変わっている。長い夢などではない。

小さな希望の光が見えた気がした。が、それは一瞬にして空に広がるブラックホールの中に吸い込まれていった。

あれが現実だったとしてもどうなるというのだ？

……アカネは死んでしまったのだ。

アカネはもういないのだ。

アカネが死んでから六年。

少しずつ色褪せていたはずの思い出が、今また鮮明になる。

一体なんの意味があったというのだろう。

いつの間にか力いっぱいに握りしめていたハンドルから僕は手を離した。

何もかもがどうでもよくなった。あの時、やっぱり僕も一緒に死んでおけばよかったのだ。

すぐ隣にアカネがいるうちに。

彼女が眠っているうちに。

抱き合って共に死んでしまえばよかったのだ。

ロミオとジュリエットのように。

彼女と一緒に息絶えられていたら、どんなに楽だっただろう。

車の中でそのまま、僕はただ虚《うつ》ろに夜が明けていくのを眺めていた。


朝になり、僕は実家に戻った。

お袋が心配そうに駆け寄ってくるのを無視して、置いていった携帯電話を確かめた。

携帯電話は変わっていなかった。過去のまま僕が使っていたものだった。着信が残っている。

もしかしてという期待は一瞬にして破られ、そこにはただ〝お袋〟という文字が残っているだけだった。心配してかけてきたのだろう。

追いかけてきたお袋が部屋に入ってきた。

「今日おじいちゃんの命日だけど、あんたどこ行ってたの？　せめてお墓参りくらい行っておきなさいよね」

そっと携帯を閉じて、ふらふらとベッドに腰を落とした。

……行ったばかりさ。

心の中でそう呟いて応えていた。

「雄大？　あんた大丈夫？　顔色が悪いわ」

「……過去に行ってたんだ」

「過去？」

不思議そうに首をかしげるお袋を見て、自分のくだらなさに失笑した。

「でも、全部、意味がなかった」

「……変な夢でも見たの？」

僕は何も答えなかった。

答える気にもなれなかった。

僕はただ、現実逃避でアカネの夢を見ていたも同じなのだから。

どうして、こんなことに……。

その時、あの小説のことが思い浮かんだ。今なら読めるかもしれない。

ふと、直感的にそう思ったのだ。

思い立って僕は部屋中をひっくり返してそれを探し回った。

でも、どこを探しても一向に見つかる気配がない。

僕は部屋を出て、僕がここに戻ってきた後、ばあちゃんが僕の部屋から移っていた和室に足を踏み入れた。

中は本に埋め尽くされ、途方にくれそうになるのを堪えて一冊一冊確認しながらあの本を探した。

散々ひっくり返してようやく、ばあちゃんが使っていた棚の奥に、ダンボールの中に隠すようにしてあった一冊の本を見つけ出した。

その上には――アカネからもらった腕時計が、重ねて一緒に置いてあった。

腕時計をそっと取り出してみる。

秒針はまるで今の僕の心と同じように、静かに時を止めている。

時計を置いて、ずっしりと重みのある本を手に取った。


『過去で君が待っている。』

本を捲って見ると、なぜだか最初の一ページ目が破り取られていた。

周りを探して見てもそのページはどこにもなく、不思議に思いながら次のページを開いてみる。

時間など、この世に存在しない。
僕らに与えられたのは
〝今〟という
瞬間の煌めきだけなのだ。

過去で僕が読めたのはここまでだった。
僕は緊張しながら、恐る恐る次のページを捲ってみる。
ザラリとした紙の質感が神経の研ぎ澄まされた指先から伝わってきた。
「後悔」という言葉は、いつも過去のためにある。
僕の人生は後悔だらけだった。
……君を失ったあの日から。
それから数時間かけて僕はついにその本を読み切ることができた。
もしも、ばあちゃんの言っていた「タイミング」というものがあるとしたなら、きっと今がその時に違いない。

一つわかったことがある。

この物語の主人公は紛れもなく僕であり、過去にいるヒロインはアカネであるということだ。まるで予言の書でも読んでいるみたいだった。

やっぱり、じいちゃんの仕業だったのだ。どうしてそんなことができたのかはわからないが、じいちゃんはきっと、後悔しながら生き続ける僕を見ていられなかったのだろう。

小説の最後、あとがきはこう締めくくられていた。


死は決して避けられないものだ。

そしてその時期を操ることなど私たちにはできない。

人は万能ではない。だからこそ人なのだ。

それでもただ一つ、変えられるものがある。

それと向き合う〝今の自分のあり方〟だ。

時間とは人間が勝手に作り出した創造物である。

私たちには過去も未来もない。

私たちに与えられたのは〝今〟という瞬間の煌めきだけなのだから。


その夜、僕はじいちゃんの墓参りに来た。

このあいだアカネと備えたばかりの花はもう影も形もなくなっていた。

代わりに、昨日母親が生けたのであろう、地味な色合いの花が突っ込んである。墓石には新たな名前が刻まれていた。ばあちゃんだった。

そうか、ばあちゃんも死んだのか。

じいちゃんも、ばあちゃんも、そしてアカネも、皆あっちに逝ってしまったのか。

ここにいると、僕はたった一人、置いていかれたような感覚に陥った。

やっぱり来なければよかったと思った。

あまりにも鮮明にアカネと一緒に過ごした日々を思い出してしまうから。

買ってきた線香に火をつける。

今日は風が強くてなかなか火がつかない。持っていた100円ライターはやはり100円の力しか持っていなかった。まるでちっぽけな今の僕みたいだった。

ようやく火種がついて、携帯のライトで手元を照らしながら線香皿の上にそれを寝かせた。その時、ライトに照らされて皿の下でなにかキラキラと光った物体が目に入った。

そうっとそれを取り出すと、それはピアスだった。

あの日アカネが置いていったハートのピアス。

僕はしばらくのあいだ、それを手の中で見つめ、コートのポケットにしまった。

僕はじいちゃんに問いかけた。

アカネはちゃんとそっちに行けたのか？

しっかり見つけてくれたのか？


不意に携帯が鳴った。

薄暗い墓地の中で突然軽快に鳴り響くそれに、僕は思わずびくりと体を震わせる。

恐る恐る画面を覗き込んで、僕は呆然とした。

画面には【アカネ】の表示――。

……まさかアカネはまだ生きているのか？

僕は驚きと緊張で身を固めながら、ゆっくりとそれを耳に押し当てた。

「もしもし」

耳元で響くその声に僕は息を飲んだ。

……アカネの声だ。

「あ……あの……」

僕は掠れた声をどうにか絞り出す。

「木口さん？」

「え……」

違う。これはアカネの声ではない。

「私、アカネの母です」

「あ……すみません」

「いいえ、いいのよ。よかった、まだ電話番号変わってなくて。お久しぶりね」

そう言われても、なんのことだかさっぱりわからなかった。

アカネから時々話は聞いていたが、母親本人と会ったことは一度もなかったはずだ。

「久しぶり……ですか？」

「ええ、アカネのお葬式で」

タイムスリップしているうちに僕の知らないことが起きているようだった。

僕はあの後、アカネの葬式に出ていたらしい。

「そうですか……」

「それでね、十五日にアカネの七回忌をそっちに帰ってやるんです。木口さんにもよければ来ていただきたくて……」

「あ、はい」

僕は無意識のまま相槌《あいづち》を打つように、二つ返事で答えていた。

「そう、よかった。じゃあ待ってます。アカネも喜ぶと思うから」

電話が切れてからも、僕は携帯を耳にあてたまま動けなかった。

アカネがいなくなったことに慣れていたはずなのに、今の僕はもうアカネのいない世界でどう生きればいいかわからなくなっていた。

七回忌の朝、僕は重い腰を上げ、クローゼットから黒のスーツと、黒のネクタイを取り出した。その奥にあのテディベアが見えたが、気づかないフリをした。

ネクタイを締めて鏡の前に立つ。

戻ってきてから初めて自分の顔をまじまじと見る。頬の丸みも取れ、無精髭《ぶしょうひげ》も生えている。きっちり七年分老けた顔をしていた。

髭《ひげ》を剃り、歯を磨いていると足元に柔らかな感触があった。

「ナーン」

鳴きながらクロが僕を見つめている。首の後ろをガシガシとかいてやると、クロはゴロゴロと喉を鳴らした。

思わず笑みが零れた。

帰ってきてから初めて笑ったような気がする。と、同時にどうしようもない感情が湧き上がってきて、クロの姿が滲んで見えた。

ああ、こうして僕はまた、アカネのいない世界に少しずつ順応していくのだ。そう思うと、いたたまれない思いがしたのだった。

一粒の涙がクロの頭の上にあるあの墨模様に落ちた。

クロは一瞬ピクッと反応して僕を見上げると、再び「ナーン」と鳴いた。

＊

僕は遅れ気味に七回忌に向かった。

そんなに長居する気は毛頭なかった。

けれど、記憶の中ではたったの一度も彼女の弔《とむら》いに訪れたことがなく、せめて一度くらいは、と思ったのだ。アカネがそれを望んでいるかは別にして。

小さな寺だった。

到着した時にはすでに法要は終わっていて、中から出てくる出席者たちを僧侶が見送っているところだった。

ふと、僕の方へ手を振りながら近づいてくる人影があった。加奈だった。

彼女は黒いコートにグレーのマフラーを巻いて走り寄ってくると、「久しぶり」と言った。

「もう来ないのかと思ってた。これからね、皆でお墓参りに行くところなの」

加奈の反応から推測すると、どうやらこの未来で僕らは付き合ってはいないらしい。

この未来の僕は七年間どんな日々を送っていたのだろう。

まあ、自分のことだ。大体の予想はつく。

きっとこの七年、ひたすらに未練たらしく彼女のことを思い続けていたに違いない。

最後の瞬間、一緒にいたにもかかわらず助けられなかった罪悪感で打ちひしがれていたことだろう。なんたって、今の僕がまさにそうなのだから。

そう簡単に、この思いが払拭《ふっしょく》されるとは思えない。

「……あのさ、アカネの母親ってどの人だっけ？」

加奈は一人の女性を指さした。その足元には、小さな女の子がいる。

僕はゆっくりとその人に向かって歩いていく。

加奈も後ろからついてくる。

母親が僕に気づき、女の子は不思議そうに首をかしげた。アカネの妹だろう。父親が違うせいか、あまりアカネには似ていなかった。

それに比べて母親は、声どころか、顔や背丈までもアカネに瓜二つ《うりふた》で、僕は目を合わせることすら躊躇われた。

「遅れてすみません」

「あら、いいのよ。よければお墓参りだけでもしてやって」

「あの……」

「ん？」

顔を見ないでいると、アカネがそこにいて話しかけてくれているような錯覚が起きる。僕はぎゅっと唇を噛《か》み締《し》めた。

「……アカネを助けてやれなくて本当にすみませんでした」

僕は改めて母親に深々と頭を下げた。

「何言ってるのよ、あなたのせいだなんて誰も思ってないわ。あなたのせいじゃない。私がちゃんと見てやらなかったから……」

母親は俯きながらショートボブに切《き》り揃《そろ》えられた髪を耳にかけた。

何かがキラリと光る。それは、片方だけにつけられたピアスだった。

アカネがずっとつけていたピアスだ。

僕は今日会えたら渡そうと、コートポケットの中に忍ばせていた片割れのピアスを取り出し、母親に手渡した。

「あなたが持っていてください」

彼女はそれを見ると、驚いたように目を見張った。

「これ……、てっきりなくなったんだと」

「まさか。ずっと大事そうにつけていましたから」

アカネの母親はそれを受け取ると、目に涙を滲《にじ》ませた。

ふと、足元に立つ女の子がじっと僕を見ていることに気づく。

怖がらせないよう微笑み返した時、女の子の首もとで何かが光った。

「名前はなんていうの？」

「……葵《あおい》」

彼女は母親の手を握りしめながら呟いた。

「茜と葵か。……葵ちゃん、それ君によく似合ってる」

葵は胸元で桜モチーフのネックレスを輝かせながら、クシャリと愛らしい笑顔を見せた。その笑顔にはほんの少しアカネの面影がある。

「あの……」

そう言いかけた時、墓地までの送迎タクシーが三台入ってきた。

母親は切なげな笑みを浮かべ、隣に立っていた男の人と葵を連れてそれに乗り込んだ。

この人もきっと一緒なのだ。

たいていのことは、気がついた時にはもう遅い。

気づいていても、やらないことだってある。できないことだってある。

生きるということは、後悔することだらけなのだ。

その時、後ろから肩を叩かれて振り返ると、加奈がアカネの母親と同じように微笑んでいた。

僕たちもタクシーに乗り込み、二十分ほど走ったところで停まった。

長い階段が続く。それをようやく上り終わって見上げると、空があまりにも近くて驚いた。重たい雲が足早に流れていく。

アカネの母親が花を供えた墓は、じいちゃんのと比べると小さな、小さな墓だった。

菊の花がメインの白と黄色の花束で、アカネの好みじゃないなと思った。

近づいていくと、そこには『橋本茜』と書かれていた。

未だにその名前がしっくりこないのは、僕だけじゃない。アカネもきっとそう思っているはずだ。

まるで他人の墓に来ているようで実感が湧かない。

淡々と過ぎていく時間はここにいても変わらないみたいだ。

僕がそう思って目を逸らすと、加奈が階段のそばから僕を手招きしていた。

こっそりと墓前の集団から抜け出していくと、

「ちょっと話があるの」

と加奈は言った。

長い階段を下りながら、

「私ね」

加奈は口を開いた。

「アカネのお母さん、どうしても好きになれないの」彼女はそう言って肩をすくめる。

「どうして？」

「どうしてって訊かれると言いにくいけど、アカネから色々話聞いていたから」

「ああ、そういうことか」

僕は静かに納得した。確かにそう感じてしまう気持ちもわからなくはない。けれど、今となっては僕も人のことを言えた立場ではないような気がした。

「後悔してるのはわかる。わかるけどやっぱりダメなの」

「まあ、それは好きにすればいいんじゃない？」

「だからってわけじゃないんだけど、ちょっと抜け出さない？」

最後の階段を降りるなりくるりと振り返った加奈は、何か企《たくら》んでいるような笑顔で言った。まるでその隣にアカネもいて、二人で企てた計画を実行しようとしているようにも見える。

「え？　それはまずくないか？」

「だって、あんなしんみりした会、アカネが喜んでいるとは思えないもの。せめて私たち二人だけでもいつもみたいに迎えてやりたいのよ」

加奈は隣にいるアカネに微笑みかけるように言った。

「いつもみたいに……か」

「アカネ、あそこ好きだったんでしょう？」

「あそこ？」

「あのぉ……高校の近くの……」

「桜並木？」

「そう、それよ。よく話していたから、私、一度行ってみたかったのよね」

「でも、今行ったって桜は咲いてないけど」

「それでも、いいの。アカネが言ってたわ。花の咲かない季節にも桜の木は変わらずそこにある、って。あ、でも、もしかして木口くんは私とは行きたくない？」

僕は首を横に振った。僕ももう一度あの場所に行きたかった。けれど、一人で行く勇気が出なかったのだ。

以前より、アカネとの思い出が増えてしまったせいだ。

加奈はアカネの親友だし、誰かを誘うとすればやっぱり彼女が適任なのだろう。

僕らはタクシーに乗り込んでそこに向かった。

相変わらず、僕らの間にはいつまでもアカネが存在し続けていた。

やっぱり、まだ桜の木々は禿《は》げたままだった。

それも、そのはず。僕らがタクシーを降りた途端、降りだしたのは雨ではなく雪だった。この調子で降り積もれば、明日には純白の桜の木が見られるだろう。

この季節、ここには本当に誰も人がいない。人がいるのは春の、それも休日くらいなものだ。

「アカネも、たまにここに来たりするのかしら」

髪に雪を積もらせながら、加奈が言った。

「どうだろう。そうかもね……」

ゆっくりと歩きながら、目の前に広がる木と雪だけの世界に僕は目を奪われていた。

「木口くん……」

後ろに続いていた足音がピタリとやんで、僕は振り返った。

「あなた、まだアカネが死んだのは自分のせいだとか思ってるの?」

まっすぐに向けられる加奈の視線から逃れようと、僕は足元に降り積もる雪を見つめた。

そういうわけではない。そういうわけではないけれど……。

もう少し早く救急車を呼んでいたら、もしかしたら。

別れたりしなければ、もしかしたら。

僕らが出逢わなければ、もしかしたら。

そう思ってしまうのは確かだった。

もし、彼女と僕が出逢わなければ。

たとえば、彼女がもっと相性のいい誰かと出逢って過ごしていたのなら。もしかしたら、彼女は今日もどこかで元気に過ごしていたかもしれない。

考えたくはないけれど、そうだったかもしれない。

僕が唇を噛みしめると、それを見て、加奈はため息をついた。

「そう思っているなら、あなたとんだ誤解をしているわ」

彼女はじっと僕を見ている。

僕は靴の上にも降り積もる雪に視線を落として言った。

「……でも、もし、アカネが僕以外の誰かと一緒にいたら、彼女の死は防げたかもしれない」

「無駄よ。それに、そんなこと考えること自体、傲慢だわ」

加奈はピシャリと言い切った。その言葉がチクリと胸に刺さる。

「でも誤解しないで。それはあなただけに限ったことじゃない。私にも他の誰かにもそんな力はないのよ。救えていたかもと思うのは、単なる自己過信にすぎないわ。悲しいけれどアカネの死は誰にも避けられないものだったのよ」

「でも……僕はアカネの病気を知ってた。もっと早くわかってたら何かできたかもしれない」

「摂食障害でしょ？　私だって知ってたわ」

その言葉に僕は驚いて顔を上げた。

「だからってじゃあ、あの頃のアカネに無理やり食べさせようとしたとして、アカネは食べてくれたと思う？　……無理ね。もしやるならそれこそ手足を縛り付けるくらいの覚悟が必要よ。過去をやり直せたとして、私たちにそんなことができたと思うの？」

そんなことできるわけがなかった。

「人は一人では生きていけないって、いうじゃない？　確かにそうだと思う。支え合うことで生きていられる部分ってあると思う。だけどね、それと同じだけ自分一人の力で立っていかなきゃならない部分ってあるのよ。転んだ時に差し伸べてくれる手を待っているばかりでは生きられないの。自らの足で立ち上がる力がなければ人はやっぱり生きていけない。アカネにはその力がなかった。悲しいけど、寂しいけど、その結果が招いたことなんだって、私は思う」

彼女に迫る数々の試練は結局彼女自身の試練であり、僕にはどうすることもできないのだろう。確かに僕の抱える後悔は単なる自己過信にすぎないのかもしれない。

結局、運命は変えられなかった。

だったら、なんでタイムスリップなんかさせたのだ。虚《むな》しいだけじゃないか。

無力な自分が情けなくて、喉の奥がカッと熱くなる。

「……ねえ、木口くん。一番悲しいのは、一番アカネのそばにいたあなたが、アカネとの時間を後悔してしまうことなのよ」

じっと僕を見据える加奈の目がかすかに潤んでいた。

「……木口くん。あなただけがアカネの希望だった。私なんて無意味だったもの。きっとあなたがいなかったら、とっくに取り返しのつかないことになっていたわ。心の拠《よ》り所《どころ》を次々に失ったアカネにあなたが、あなただけが、いつもそばにいてくれた」

加奈の目から、ポロポロと涙が流れた。

「あなたがいなかったらアカネは……、誰かに愛された記憶すら感じられずに死んでいたかもしれない」

僕はただ立ちすくんで加奈を見つめていた。

視界がだんだんとぼやけていく。

雪で冷え切った頬に、温かい涙が伝い、ぽたりと足元の雪を溶かした。

「でも……僕は……生きてる」

「……え？」

「なんで……僕だけ……生き残って……」

僕を見る加奈の目も真っ赤に充血していた。

「……バカじゃないの。……この六年間そんなこと考えてたの？」

「なんで……」

声がかすれる。

目と鼻と喉の奥が同時に締めつけられ、上手く声にならなかった。

どうにもならない現実に、僕たちは、ただ泣くことしかできなかった。


僕は生きている。

なぜ僕が生き残っているのだろうと何度も思った。

けれど、僕は死ねない。

これから先も生きていかなければならない。

アカネを過去に残して進んでいかなければならない。

未来を変える前の僕だってそんなことをわかっていた。

今の僕だって本当はわかっている。

けれど、それは……とても辛いことだった。

「……アカネ、言ってたわ」

長い沈黙を破って、羽織っていた黒いコートの袖で涙を拭きながら加奈が言った。

「『木口くんは私の運命だった』って。たくさん思い出をくれたって。それだけで生きていける気がするって。あなたと別れた時、電話でそう言ってた。特に誕生日の日のことなんてもう耳にタコだわ。セリフ一つ一つだって私覚えちゃったもの。なんなら言ってあげましょうか？」

僕と加奈はようやく少しだけ笑った。

「だから……」

そう言いかけて加奈は口を噤んだ。握り拳にギュッと力が入っているのがわかる。

「だから？」

僕は促すように繰り返した。

「だから……、後悔だけはしないであげてほしい。出逢ったことに謝ったりしないでほしい。そんなことしたら、アカネはずっと孤独と戦わなければならないでしょう？」


アカネの孤独を、僕は少しでも拭い去ってやることができたのだろうか。

出逢ったことも幸せだと思ってくれていたのだろうか。

僕が後悔することで、アカネも同じように後悔してしまうのだろうか。

僕は静かに頷いた。

それ以外にできることがないのなら、僕は何億回だって頷いてみせる。

アカネは僕の希望だった。

僕はいつでも、彼女の隣で生きていた。

光が闇を照らすから、光は闇をより濃いものにする。

それは、必然のことなのだ。

どちらかだけなど、存在できやしない。

光があるから闇を知る。

闇があるから光を知れる。

アカネと出逢い、過ごした時間が光なら、闇は避けられない「別れ」だったのかもしれない。

『……大ちゃんも別れが辛い？』

彼女が死んだ日、彼女が言った言葉が脳裏に蘇る。

『別れが辛いのは、私の人生が大成功した証なんだって。一番怖いのは、別れがちっとも辛くないことなんだよ』

彼女がそう言った時、僕はその意味をよく理解できなかった。

だけど、今なら少しわかる気がする。彼女はあの時にもう気づいていたのだ。

辛く、苦しいこの別れこそ、僕らが運命と呼べる恋をした最大の証なのだと。

僕らは運命だった。

運命と言える恋をした。

それだけで、幸せだったと彼女は言ってくれた。

ならば、僕だって生きていけるはずだ。

その時、加奈がバッグの中から透明なガラス瓶を取り出して寄越した。それを受け取った僕が首を傾げていると、

「アカネに頼まれたのよ。私がもし死んだら今日のあなたに渡して、って」

「今日？」

「そう、アカネの七回忌にって」

なぜ今日という指定があったのかよく理解できないまま、僕は固く締められた瓶の蓋を開けた。

同時に、七年前の空気が瓶の中からふわりと溢れる。中には二枚の紙切れが入っていた。

僕はそのうち一枚を取り出し開いて見る。と、その時、何かが紙の間をすり抜けて雪の地面にひらりと落ちた。

あ、と思うのと同時に、走馬灯のように砂場の隅からこちらに向かって微笑みかけるアカネの姿が蘇った。いたずら心にタイムカプセル掘り起こしたあの記憶の中の彼女だ。

僕は落ちたものを拾い上げ、手の上に乗せる。

カラカラに干からびた四葉のクローバーだった。

彼女と別れた日、僕が彼女に渡したものだ、と僕はすぐにわかった。

彼女はあの後も、大切にとっていてくれたのだろう。

まるで、あの時のタイムカプセルを今再び掘り起こして見てるような錯覚に陥る。

そして、開いた紙に目を移した時、僕は驚き目を見張った。

もしも、『後悔の旅』ができるなら、
僕はもう一度、七年前のあの日に戻りたい。

それは、この間読んだばかりの本から切り取られていた一ページだった。

アカネが突然、僕にタイムスリップのことを聞いてきたのは、きっとこの本を読んでいたからなのだ。その時ようやく気がついた。

ああ、やっぱりアカネは何もかも知っていたのだ。

僕がタイムスリップしていることも、自分が死ぬこともあの本を読んで悟っていたのだ。

僕は再び目の奥がジリジリと熱くなっていくのを感じながら、瓶の中にもう一つ残されてた四つ折りの紙を取り出して見る。

心臓の鼓動がバクバクと手を揺らす。僕はその震える手で、紙を開いた。

【大ちゃんへ

これを読んでるということは、もうそこに私はいないのでしょう。
きっと大ちゃんのことだから、いつまでもメソメソするんだろうなと思い、
一筆認《したた》めることにしました。
まず初めに。
大ちゃん、私は幸せでした。
あなたが今どんなに後悔していようと、泣きべそかいていようと、私は幸せでした。
最後の最後まで幸せでした。
大ちゃんと出逢ってから、今日までもれなく幸せでした。
二度目も、そしてきっと一度目の過去でも私はちゃんと幸せでした。
あなたにずっと想われていたこと、愛されていたこと、大切にされていたこと、
ちゃんと私に届いていました。
抱えきれない溢れるほど大きなあなたの愛を私はいつも受け取っていました。
ありがとう、大ちゃん。過去の中まで会いに来てくれてありがとう。
もう、十分です。

だからもう、私のことはどうか過去に置いていってください。

もう、過去で私は待っていません。

もしまた出逢えるとしたら、それはきっと、ずっとずっと先の未来のことだと思います。

だから、これからは、あなたの〝今〟を歩いていってください。

この先の後悔はきっと、
今のあなたが変えていけるものだと私は信じています。
大ちゃん、大好きだよ。ずっと大好きだよ。
出逢ってくれてありがとう。

アカネ】

結果からすれば、過去に戻ったことには意味がなかったかもしれない。

そこにはゆるぎない運命があって、それをたやすく変える力なんて僕にはなかった。

ただ、見なくて済んだものを見て、知らなくてよかったかもしれないことを知っただけかもしれない。

それでも、戻ったからこそわかったことがある。

アカネは、僕と出逢ったことを少しも後悔してなどいなかったということだ。

僕がもっとちゃんと今を見つめて生きていれば、タイムスリップなんかしなくても、そのことに気がつけていたのかもしれない。

このタイムスリップは、過去ばかりに思いを馳《は》せ、現実と向き合えないでいた僕に、今という一度きりの時間が、どれほど美しく素晴らしいものなのかを教えてくれる旅だったのかもしれない。


僕はこれから、アカネのいない今を生きていく。

……それでも、君が〝運命〟だと言ってくれるのなら。

どんなに時が経とうと、どんなにすれ違おうと、過去に傷つき、過去を悔やみ、償い、何かを諦め、別々の道を歩くことになったとしても。

もし運命なら、僕は今また、君に向かって歩いていくのだろう。

ゆっくりと時間をかけて、忘れてしまいそうな日々を過ごしながら、それでも、君へと向かって歩いていくのだろう。

あの木の下で僕らが再会したように。

君がこうして過去で待ってくれていたように。

僕は何度生まれ変わってもここで君を待つ。

君より先に生まれて、君が生まれてくるのを待ってる。


だから、もう君は一人じゃない。

僕がいる。僕がここにいる。

君が運命だと言う限り、僕は君を何度でも迎えにいくから……――。


手紙をポケットにしまって振り返った。

「人生に大事なのは、長さばかりじゃないのよね」

加奈が肩をすくめて微笑む。

「いいなぁ、アカネは。生きた時間は短かったけど、私よりもずっと素敵な運命の恋をしたんだもの」

加奈にそう言われ、胸の奥に柔らかな風が吹き抜けるのを感じた。

僕は静かに頷き、雪の空を見上げた。

「ねぇ、知ってる？」

「何を？」

僕は首をかしげる。

「あなたってね……」

そう言いかけて、加奈はクスクスと笑い始めた。

「なんだよ？」

すると加奈は笑いをこらえながら大きく息を吸い込んだ。

「耳の後ろにホクロがあるんですって！」

「え？」

僕は思わず耳を押さえた。

「アカネが言ってたのよ。あなたの秘密だって」

「なんだそれ？」

「知ってた？」

「知らないよ！」

加奈は可笑《おか》しそうに笑いながら、

「だってよー！」

この広い空のどこかにきっといるアカネに向かって、加奈は一際大きく叫んでみせた。

降り積もる雪は、世界を真っ白に染める。

今を生きることは簡単じゃない。

後悔のない人生を生きることは難しい。過去に後悔のない人なんてきっといない。

でも、いつか必ず陽の光がそれを溶かしてくれる。そして、また、訪れる穏やかな春に、あの木は満開の花を咲かせるのだろう。

世界は始まりと終わりを繰り返すのだ。

そして、それは悲しいことなんかじゃない。

そのことが、何度だって僕を勇気づけてくれるはず。

ここは僕のスタートなのだ。

一歩一歩踏み出そう。

僕は今また、スタート地点に立っている。

〈初出〉
『過去で君が待っている。』／魔法のｉらんど単行本（２０１１年３月刊行）
文庫化にあたり、加筆・訂正しています。

◇◇メディアワークス文庫

過去《かこ》で君《きみ》が待《ま》っている。

吉月《よしつき》 生《せい》

2018年5月25日　初版発行

発行者　郡司 聡
発行　株式会社KADOKAWA
〒102-8177　東京都千代田区富士見2-13-3
0570-06-4008（ナビダイヤル）
装丁者　渡辺宏一（有限会社ニイナナニイゴオ）
印刷　旭印刷株式会社
製本　旭印刷株式会社

ISBN978-4-04-893879-2 C0193

メディアワークス文庫　http://mwbunko.com/

本書に対するご意見、ご感想をお寄せください。

あて先
〒102-8584　東京都千代田区富士見1-8-19
メディアワークス文庫編集部
「吉月 生先生」係